凱信企管

用對的方法充實自己，
讓人生變得更美好！

凱信企管

**用對的方法充實自己，
讓人生變得更美好！**

安妞

韓語40音

Q圖聯想最好學

用生動的插圖，快速掌握40音基礎，
啟動韓語之門。

사용 지침
使用說明

安妞～現在開始，跟著可愛有感的插圖，
用聯想的方式刺激感官，強化大腦記憶，
輕鬆愉快的學習韓語 40 音吧！

Unit
03

Track 021

Ex

chin-gu 朋友

羅馬拼音 [ ]
注音拼音 [ ]

發音基本上與「ㅈ」相
音時更用力地將氣吐出

筆順練習

ㅊ

特別提醒 「ㅊ」字是在「ㅈ」字上
面再寫一橫就可以，但那一橫比下面
的「一」字要短一點。

ㅊ

字 母 位 置

ㅣ	ㅠ	ㅔ	드
母音右方	母音上方	母音左上方	子音下方

1
看圖聽音學 40 音，
生動有趣更好記

跳脱單獨字母的學習，利用生活單字帶入學習的字母，再用可愛的單字插圖產生聯想，搭配韓籍老師親錄 MP3，聽、讀雙管齊下的方式陪你一起認識字母。每一字母還附註羅馬拼音、注音拼音以及發音小祕訣，發音最道地，學習有效率！

2
跟著字帖勤練習，寫出一手正確、漂亮 40 音

本書貼心的列出每一個字母的正確書寫筆順以及需特別注意事項外，還設計習字帖，讓你隨時書寫勤練習。另外，寫字母重要的 NG 特別提醒、字母會出現在韓文字裡的哪個位置？書裡也一一清楚列出，邊看邊寫邊學，眼手感官帶動大腦記憶，學習能更專注，40 音也能寫得更標準好看。

生活單字

01 問候語　你會需要用到的短句

① 您好！／你好！

對長輩正式場合
녕하십니까.
an-nyeong-ha-sim-ni-gga.

對平輩一般場合
안녕하세요.
an-nyeong-ha-se-yo.

3

延伸學習生活單字＋常用語，平時互動也沒問題

利用韓國人時時掛在嘴裡的字彙、常用語及旅遊實用會話，反饋字母的學習，輕易達成看字讀音、簡單的聽説也沒問題。同時，更用可愛的插圖讓你輕易分辨敬語和半語的不同，去韓國旅遊能輕鬆説一口標準韓語，溝通也不失禮。

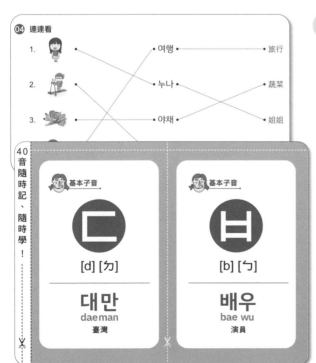

04　連連看

1.　　　　　　　• 여행　　　　• 旅行

2.　　　　　　　• 누나　　　　• 蔬菜

3.　　　　　　　• 야채　　　　• 姐姐

40
音
隨
時
記
、
隨
時
學
！

基本子音

ㄷ
[d] [ㄉ]

대만
daeman
臺灣

基本子音

ㅂ
[b] [ㄅ]

배우
bae wu
演員

4

複習兩大利器：測驗鍛鍊＋40 音隨身字卡

★課後複習很重要！測驗鍛鍊不僅能驗收學習成果，還能溫故知新。
★書末特別附贈隨身字卡，剪下來隨身攜帶學習，這一次韓語 40 音，一定能學好不忘記！

全書音檔雲端連結

因各家手機系統不同，若無法直接掃描，仍可以至以下電腦雲端連結下載收聽。
（ https://tinyurl.com/mr46n8xa ）

머리말
前言

　　隨著全球的國門大開，國人旅遊的計劃也開始逐一可以實現；韓國，更是令大多數人為之躍雀、嚮往的國家之一。

　　尤其因K-POP文化、韓劇及韓食而起的一股韓流，不僅帶動韓國觀光熱潮，進而也讓許多人對韓語開始感興趣，學習韓語的人真的愈來愈多了，時不時都能在生活周遭聽到「安妞」、「馬西搜唷」……這些日常用的簡單韓語；相信能聽懂這些常用語的你，或多或少都能有些小小的成就感吧！這些，就是學習外語最大的動力與魅力了。

　　前陣子，才聽到我的學生跟我說，她的韓星偶像來到台灣開影友會，偶像說的簡單韓語，她幾乎能夠聽懂，還能跟他一來一往的互動，她真是太開心了！聽到這些類似的回饋，都讓身為韓國人的我非常感動，也更燃起我的教學熱情，希望大家能在學好韓語之際，藉由進一步對語言的了解，認識更多韓國的有趣之處。

　　記得剛來臺灣教韓語的時候，我看到許多學生在學習之初，滿懷著對韓語的渴望與期待，但卻在幾堂課之後，漸漸地就被韓語40音給擊敗了，除了對唸法感到大不易之外，連在書寫上都舉白旗……每次遇到這樣的狀況，我也會充滿無力感。於是，我不斷地研究、試驗，將教學方法一直進化、演變，針對學生在學習時會遇到的困難、問題，努力研究克服的方法，終於讓我找出了一套最符合臺灣人學習韓語的方式，而且，經過實際的應用在學生

身上，效果令人感到驚喜，不僅讓學生學習覺得有趣，而且在過程中，更能集中精神專注學習。

　　我用生活常用單字，可能也是你常常能夠聽到的字彙帶入字母學習，再利用插圖聯想的方式，讓學習者藉由「視覺感官的刺激」來提升「大腦的記憶」，再跟著MP3音檔，耳朵一邊聽、嘴巴跟著常用單字複誦，自然而然就能將40音記住。然後再看著並跟著書中的習字練習一起識字、書寫，如此一來，學習就不易分心、能專注，大腦就更能加強記憶力。這樣的眼手並用、口耳合一的方式，確實讓許多學習者，在學習40音之初，都能夠更快進入狀況，同時也不易再半途而廢了。

　　本書特別收錄了韓國人生活裡常掛在嘴邊的慣用語（敬語／半語都收錄），不論是在看韓劇、韓綜，甚至是韓曲中都會出現，瞬間即能產生共鳴的喜悅。

　　最後，要為讀者加油打氣，不論是初學者，或是已經學過幾次但都沒有成功的你，請再給自己一次機會，用這一套輕鬆、易學的方式，在家自學，一次就能把韓語40音聽、說、讀、寫，學好學滿學到位！

목차
目錄

★貼心附贈！★

40 音帶著走！動手剪下學習字卡，40 音隨時記、隨時學！

40音羅馬拼音一覽表

01 基本母音對照

	基本母音									
	ㅏ a	ㅑ ya	ㅓ eo	ㅕ yeo	ㅗ o	ㅛ yo	ㅜ u	ㅠ yu	ㅡ eu	ㅣ i
ㄱ g	가 ga	갸 gya	거 geo	겨 gyeo	고 go	교 gyo	구 gu	규 gyu	그 geu	기 gi
ㄴ n	나 na	냐 nya	너 neo	녀 nyeo	노 no	뇨 nyo	누 nu	뉴 nyu	느 neu	니 ni
ㄷ d	다 da	댜 dya	더 deo	뎌 dyeo	도 do	됴 dyo	두 du	듀 dyu	드 deu	디 di
ㄹ r / l	라 ra	랴 rya	러 reo	려 ryeo	로 ro	료 ryo	루 ru	류 ryu	르 reu	리 ri
ㅁ m	마 ma	먀 mya	머 meo	며 myeo	모 mo	묘 myo	무 mu	뮤 myu	므 meu	미 mi
ㅂ b	바 ba	뱌 bya	버 beo	벼 byeo	보 bo	뵤 byo	부 bu	뷰 byu	브 beu	비 bi
ㅅ s	사 sa	샤 sya	서 seo	셔 syeo	소 so	쇼 syo	수 su	슈 syu	스 seu	시 si
ㅇ 不發音	아 a	야 ya	어 eo	여 yeo	오 o	요 yo	우 u	유 yu	으 eu	이 i
ㅈ j	자 ja	쟈 jya	저 jeo	져 jyeo	조 jo	죠 jyo	주 ju	쥬 jyu	즈 jeu	지 ji

基本子音

		基本母音									
		ㅏ a	ㅑ ya	ㅓ eo	ㅕ yeo	ㅗ o	ㅛ yo	ㅜ u	ㅠ yu	ㅡ eu	ㅣ i
基本子音	ㅊ ch	차 cha	챠 chya	처 cheo	쳐 chyeo	초 cho	쵸 chyo	추 chu	츄 chyu	츠 cheu	치 chi
	ㅋ k	카 ka	캬 kya	커 keo	켜 kyeo	코 ko	쿄 kyo	쿠 ku	큐 kyu	크 keu	키 ki
	ㅌ t	타 ta	탸 tya	터 teo	텨 tyeo	토 to	툐 tyo	투 tu	튜 tyu	트 teu	티 ti
	ㅍ p	파 pa	퍄 pya	퍼 peo	펴 pyeo	포 po	표 pyo	푸 pu	퓨 pyu	프 peu	피 pi
	ㅎ h	하 ha	햐 hya	허 heo	혀 hyeo	호 ho	효 hyo	후 hu	휴 hyu	흐 heu	히 hi
雙子音	ㄲ kk	까 kka	꺄 kkya	꺼 kkeo	껴 kkyeo	꼬 kko	꾜 kkyo	꾸 kku	뀨 kkyu	끄 kkeu	끼 kki
	ㄸ tt	따 tta	땨 ttya	떠 tteo	뗘 ttyeo	또 tto	뚀 ttyo	뚜 ttu	뜌 ttyu	뜨 tteu	띠 tti
	ㅃ pp	빠 ppa	뺘 ppya	뻐 ppeo	뼈 ppyeo	뽀 ppo	뾰 ppyo	뿌 ppu	쀼 ppyu	쁘 ppeu	삐 ppi
	ㅆ ss	싸 ssa	쌰 ssya	써 sseo	쎠 ssyeo	쏘 sso	쑈 ssyo	쑤 ssu	쓔 ssyu	쓰 sseu	씨 ssi
	ㅉ jj	짜 jja	쨔 jjya	쩌 jjeo	쪄 jjyeo	쪼 jjo	쬬 jjyo	쭈 jju	쮸 jjyu	쯔 jjeu	찌 jji

		複合母音									
		ㅐ ae	ㅔ e	ㅒ yae	ㅖ ye	ㅘ wa	ㅚ oe	ㅙ wae	ㅞ we	ㅝ wo	ㅟ wi	ㅢ ui
基本子音	ㄱ g	개 gae	게 ge	걔 gyae	계 gye	과 gwa	괴 goe	괘 gwae	궤 gwe	궈 gwo	귀 gwi	긔 gui
	ㄴ n	내 nae	네 ne	냬 nyae	녜 nye	놔 nwa	뇌 noe	놰 nwae	눼 nwe	눠 nwo	뉘 nwi	늬 nui
	ㄷ d	대 dae	데 de	댸 dyae	뎨 dye	돠 dwa	되 doe	돼 dwae	뒈 dwe	둬 dwo	뒤 dwi	듸 dui
	ㄹ r / l	래 rae	레 re	럐 ryae	례 rye	롸 rwa	뢰 roe	뢔 rwae	뤠 rwe	뤄 rwo	뤼 rwi	릐 rui
	ㅁ m	매 mae	메 me	먜 myae	몌 mye	뫄 mwa	뫼 moe	뫠 mwae	뭬 mwe	뭐 mwo	뮈 mwi	믜 mui
	ㅂ b	배 bae	베 be	뱨 byae	볘 bye	봐 bwa	뵈 boe	봬 bwae	붸 bwe	붜 bwo	뷔 bwi	븨 bui
	ㅅ s	새 sae	세 se	섀 syae	셰 sye	솨 swa	쇠 soe	쇄 swae	쉐 swe	숴 swo	쉬 swi	싀 sui
	ㅇ 不發音	애 ae	에 e	얘 yae	예 ye	와 wa	외 oe	왜 wae	웨 we	워 wo	위 wi	의 ui
	ㅈ j	재 jae	제 je	쟤 jyae	졔 jye	좌 jwa	죄 joe	좨 jwae	줴 jwe	줘 jwo	쥐 jwi	즤 jui

		複合母音									
		ㅐ ae	ㅔ e	ㅒ yae	ㅖ ye	ㅘ wa	ㅚ oe	ㅙ wae	ㅞ we	ㅝ wo	ㅟ wi	ㅢ ui
基本子音	ㅊ ch	채 chae	체 che	챼 chyae	쳬 chye	촤 chwa	최 choe	쵀 chwae	췌 chwe	춰 chwo	취 chwi	칰 chui
	ㅋ k	캐 kae	케 ke	컈 kyae	켸 kye	콰 kwa	킈 koe	쾌 kwae	퀘 kwe	쿼 kwo	퀴 kwi	킈 kui
	ㅌ t	태 tae	테 te	턔 tyae	톄 tye	톼 twa	퇴 toe	퇘 twae	퉤 twe	퉈 two	튀 twi	틔 tui
	ㅍ p	패 pae	페 pe	퍠 pyae	폐 pye	퐈 pwa	푀 poe	퐤 pwae	풰 pwe	풔 pwo	퓌 pwi	픠 pui
	ㅎ h	해 hae	헤 he	햬 hyae	혜 hye	화 hwa	회 hoe	홰 hwae	훼 hwe	훠 hwo	휘 hwi	희 hui
雙子音	ㄲ kk	깨 kkae	께 kke	꺠 kkyae	꼐 kkye	꽈 kkwa	꾀 kkoe	꽤 kkwae	꿰 kkwe	꿔 kkwo	뀌 kkwi	끠 kkui
	ㄸ tt	때 ttae	떼 tte	떄 ttyae	뗴 ttye	똬 ttwa	뙤 ttoe	뙈 ttwae	뛔 ttwe	뚸 ttwo	뛰 ttwi	띄 ttui
	ㅃ pp	빼 ppae	뻬 ppe	뺴 ppyae	뼤 ppye	뽜 ppwa	뾔 ppoe	뽸 ppwae	쀄 ppwe	뿨 ppwo	쀠 ppwi	쁴 ppui
	ㅆ ss	쌔 ssae	쎄 sse	썌 ssyae	쎼 ssye	쏴 sswa	쐬 ssoe	쐐 sswae	쒜 sswe	쒀 sswo	쒸 sswi	씌 ssui
	ㅉ jj	째 jjae	쩨 jje	쨰 jjyae	쪠 jjye	쫘 jjwa	쬐 jjoe	쫴 jjwae	쮀 jjwe	쭤 jjwo	쮜 jjwi	찍 jjui

安妞～
現在就讓我們一起進入好玩有趣的
韓語學習世界吧！

Chapter 2

韓語入門

Unit 01 安妞，來認識韓語二三事吧！

01 世宗大王的智慧發明！

很久以前韓國有語言，但是沒有文字，因而記錄的時候多借用漢字來寫文章。但是韓國語和中國語畢竟是不同語言，無法完整的表達意思，學起來很困難又耗時，單就一般老百姓而言，連接觸的機會都沒有。為了讓文字的書寫全民化，1443 年朝鮮的君王世宗大王與集賢殿學者們創造「한글」（韓文字）。

韓文的子音是依照我們的身體發音時的樣子（如：喉嚨、舌頭、嘴唇、牙齒等）來創造，而母音是以「天、地、人」的樣子來創造。

02 韓語40音跟注音一樣？！

在韓文裡，字母是最基本的單位，因此形成一個完整的字至少需要一個子音和一個母音。母音本身就有音，可以直接唸出來，但是子音無法直接唸出，須與母音結合才能發出音。

因此，韓文 40 音的字母概念，大致和中文的注音類似，每一個字母就代表一個音，結合起來直接發音就可以囉！而且韓文最大的好處是，它不用再從字母變成一個字，所以韓文相對起來是比較好學習的喔！

例如：

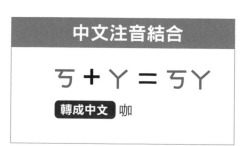

韓文字母結合	中文注音結合
ㄱ 發 [g] ＋ ㅏ 發 [a] ＝ 가 發 [ga]	ㄎ ＋ ㄚ ＝ ㄎㄚ 轉成中文 咖

03 韓語vs英語的特別關係！

◀ 來自英語的韓文單字

　　韓語有接近十分之一的單字源自於英語，是直接將英語的發音，轉成韓語字母拼起來，這些單字多半是韓語本來沒有的，由外國引進後直接取其音成為韓文單字。

　　例如：

中文	英文	韓文	韓語發音
咖啡	coffee	커피	keo-pi
餐廳服務員	waiter	웨이터	we-i-teo

　　另外，有許多韓國團體取英文團名，也會將其改成韓文字。大家學會 40 音以後，可以挑戰拼出眾家韓團的韓語團名喔！

　　例如：
BLACKPINK ➜ 블랙핑크
TWICE ➜ 트와이스
ENHYPEN ➜ 엔하이픈

◀ **英語韓語大不同！**

　　大家有沒有發現，韓文字所拼出來的發音與英語的不盡相同呢？！這是因為英語有部分的發音，對應韓文只有一種類似音。韓語裡沒有咬嘴唇的 v 和 f 音，或是捲舌的 r 音，因此都以一個音來標記。

　　一起來練習用韓文字寫出英語的發音！

b / v ➜ ㅂ　Boy：보이　　　　Victory：빅토리
p / f ➜ ㅍ　Pin：핀　　　　　Fashion：패션
l / r ➜ ㄹ　Lemon：레몬　　　Red：레드

　　另外，韓文裡沒有英語中的 z 和 th 的發音。因此要標記這些英文字的話，會用最接近的韓文字母來寫。英文字 z 的發音會被 ㅈ 取代，而英文字 th 的發音是通常會被 ㅆ, ㄸ 取代。

　　例如：
z　➜ ㅈ　　Zoo：주　　　　Zebra：지브라
th ➜ ㅆ,ㄸ　Think：씽크　　　Thank you：땡큐

韓文結構真有意思！

世界大部分的語言（英語、法語、西語……）都是拼字而成的，只要知道字母的音，一個一個拼起來就成了一個字。例如：英語的 cat，是由 c, a, t 三個字母一個接一個而成！但是，韓語的字母結合方式卻很特別，也因此讓許多韓語初學者一個頭兩個大。

在介紹字體結構前，要先教大家一個小知識：韓文最先出現的子音，稱做「初聲」，意即「最初的聲符」；母音則為「中聲」，是「中間的聲符」；而最後的子音則稱為「終聲」，也就是常說的「收尾音」。

基本上來說，韓文字母的結合方式如下：根據配合的母音不一樣，子音在字體中所處的位置也不一樣，你只要記得寫字母跟發音的順序都是從左到右、從上到下！

01 子音（初聲）＋ 母音（中聲）

◀ 垂直母音

發音 **l + a = la**

◀ 水平母音

發音 **m + o = mo**

◀ 複合母音

發音 **g + wi = gwi**

02 子音（初聲）＋ 母音（中聲）＋ 子音（終聲）

◀ 垂直母音

發音 **m + a + n = man**

◀ 水平母音

發音 **b + o + n = bon**

◀ 複合母音

發音 **g + wo + n = gwon**

特別補充

另外有一結合方式比較少見：

→ 子音（初聲）＋ 母音（中聲）＋ 子音（終聲）＋ 子音（終聲）

兩個子音當尾音就是雙韻尾音，例如：「없어요.」的「없」，在於雙韻尾音的兩個子音，都會平均分一半，所以不特別以結構介紹。其尾音發音方式，有的只會唸左邊的子音，有的會唸右邊的子音！

* 唸左邊子音：ㄶ ㄵ ㄽ ㄼ ㄾ ㄳ ㄶ ㅄ ㄳ

* 唸右邊子音：ㄻ ㄺ ㄿ

韓文基礎句型介紹！

01 動詞＆形容詞在句中的位置

◖ 動詞在句中之位置

中文與英文文法的基本結構是：動詞會放在主詞的後面，受詞的前面。

→ 主詞（S）＋ 動詞（V）＋ 受詞（O）

但是，韓文語順卻不同，韓文的動詞會放在主詞和受詞的後面，於句子的最後。

→ 主詞（S）＋ 受詞（O）＋ 動詞（V）

例如：

中文	我	＋	愛	＋	你
英文	I	＋	LOVE	＋	YOU
韓文	나는（我）	＋	당신을（你）	＋	사랑해요（愛）

◖ 形容詞在句中之位置

韓文形容詞又被稱為「狀態動詞」，在句中的位置與動詞一樣，須放在句子的最後。

例如：

中文	今天 很累
韓文	오늘 너무 **피곤해요**.

中文 這部電影 **很好看**。

韓文 이 영화 정말 **재미있어요**.

02 動詞 & 形容詞變化

　　韓文中動詞和形容詞的原形都是以語尾 ~다 終結。例如：動詞「去」的原形是「가다」， 가다 的 가 是語幹，다 是語尾，語幹是絕對不會變的，語尾根據所處句子位置、情況……多種原因會變，而在句子中是不會直接用動詞或形容詞的原形去做表達的。雖然很多初學者剛接觸會覺得很難，但是這也是韓文一個很大的特點，熟悉了以後就不會覺得奇怪了！

◀ 動詞：「吃」的韓文原形是「먹다」

語幹	語尾
먹	고
먹	어서
먹	으니
먹	어도
먹	지
먹	자
먹	을거니
먹	었니...

◀ 形容詞：「好玩的」的韓文原形是「재미있다」

語幹	語尾
재미	있고
재미	있어서
재미	있으니
재미	있어도
재미	있으니까
재미	있지...

03 韓語講法是非常有禮貌的！

　　韓文的講法有分敬語、半語；敬語的話在韓文中被稱做「존댓말」（敬語），而半語的話則稱作「반말」（半語）。通常敬語的講法是對著長輩、初次見面的人所講的，是比較正式、有禮貌的話。半語是在對朋友、很熟的人溝通的時候才會使用。

　　不過要小心的是，韓語非常之嚴謹：即便我與某人很熟，但是在開會、公司等場合中，也不適合講半語。亦或者，即使在家中這些比較不正式的場合，對長輩講話也不適合講半語。

◀ 兩種講法的使用時機

　　敬語：與長輩、初次見面的人；在公司、開會……正式場合。

　　半語：與很熟的人、晚輩；較非正式之場合。

◀ 敬語 & 半語 的變化介紹

有些只在語尾的幾個字有差別,例如:在半語加「요」,就變成敬語。

半語　숙제했어. 我有做功課。

敬語　숙제했어요.(加了 요)

有些敬語和半語會用完全不同的詞彙。

半語　밥 먹었어? 吃飯了嗎?

敬語　진지 잡수셨어요?（밥 ➔ 진지 , 먹다 ➔ 잡수다）

04 完整句中的小幫手!

除了動詞和形容詞的變化之外,韓文的另一大特點就是有很多助詞。跟主詞、受詞所配合的助詞都不一樣。有了很多助詞幫忙,句子的內容便會更加清楚,所以助詞可是小小的存在,大大的效用呢!

例如:

我們家在 7 點的時候吃了晚餐。

우리 가족은 저녁 7시에 거실에서 저녁을 먹었어요.
　　　❶　　　　　❷　　　❸　　　　❹

助詞❶　「은」是主格助詞,放在主詞後面。

助詞❷　「에」是時間、位置、目的地的助詞。

助詞❸　「에서」是地點的助詞。

助詞❹　「을」是受詞的助詞。

05 韓語疑問句，不用乾坤大挪移！

除了以 ~다, ~니까? 結束的句子之外，大部分日常生活中會用到的韓語，在疑問句和直述句的結構是一模一樣的，唯一的差別是疑問句的語尾須往上揚！

例如：

直述句 이해했어요. 了解了。

疑問句 이해했어요? 了解了嗎？（**語尾上揚**）

直述句 식사했어요. 吃飯了。

疑問句 식사했어요? 吃飯了嗎？（**語尾上揚**）

直述句 많이 추워요. 很冷。

疑問句 많이 추워요? 很冷嗎？（**語尾上揚**）

Unit 04 韓文打字很容易

　　即使會手寫韓文字，但也得學會韓文打字，畢竟許多韓國的資訊都只能靠網路才搜尋得到，練好自己的韓打能力後，甚至能試試在網路上與韓國人聊天喔！所以，不要怕麻煩，讓我們一步一步離韓語更近一點吧！

01 在電腦裡新建韓文輸入法

　　一般在 Windows 2000 以上的作業系統中，就有內建了許多語言的輸入法，如果是 Windows 98 以下的版本則要到微軟官網下載喔！不囉嗦了！我們現在就趕快來設定「韓文的輸入法」吧！

◀ 步驟❶：按下語言列的選項鍵（▼標誌），並選擇「設定值」鍵。

◀ 步驟❷：在對話框的地方，按下「新增鍵」。

◀ 步驟❸：在輸入語言的地方選取「韓文」，並按下「確定鍵」！

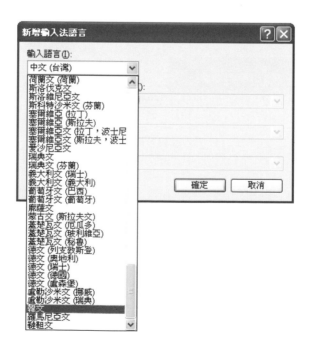

02 韓文打字的方法

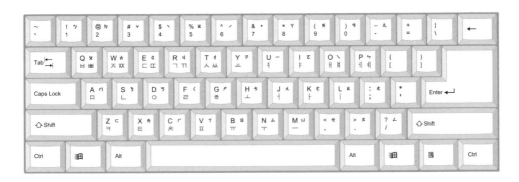

◀ 只要記得「由左到右，由上到下」！

　　設定完輸入法，只要將語言列轉成韓文即可開始體驗韓打！韓文的打字順序跟發音順序（初聲、中聲、終聲）一模一樣，就是由左到右、由上到下的順序。例如：想打「댕」，只要依序地打出「ㄷ」、「ㅐ」、「ㅇ」就可以囉！大部分的音都可以對照鍵盤打出來，特別的打法有兩種：分別是「複合母音」和「雙子音」的部分。

「複合母音」怎麼打？

1 按著「SHIFT 鍵」＋「ㅐ, ㅔ」＝「ㅒ, ㅖ」

2 另一種複合母音是兩個母音組成的，只要兩個母音接連著按出即可。例如想打「ㅟ」，只要先按「ㅜ」再馬上按「ㅣ」就可以打出來囉！

「雙子音」怎麼打？

按著「SHIFT 鍵」＋原始子音 ＝ 雙子音

　　例如：「SHIFT 鍵」＋「ㄷ」＝「ㄸ」，在按原始子音前要先按著「SHIFT 鍵」不放，才能把子音變成雙子音！

字母發音對照表

　　韓國人學習韓語 40 音，有其習慣之順序，本書因考量非母語使用者學習邏輯之便，而將「基本母音」、「基本子音」部分的字母順序做了變動。

01 基本母音

ㅏ [a]	ㅓ [eo]	ㅜ [u]	ㅗ [o]	ㅡ [eu]
ㅣ [i]	ㅑ [ya]	ㅕ [yeo]	ㅠ [yu]	ㅛ [yo]

02 基本子音

ㅇ 當子音時不發音		ㅁ [m]	ㄴ [n]	ㄱ [g]
ㄷ [d]	ㅂ [b]	ㅅ [s]	ㅈ [j]	ㄹ [r/l]
ㅎ [h]				

03 清子音、雙子音

ㅊ [ch]	ㅋ [k]	ㅌ [t]	ㅍ [p]	ㄲ [gg]
ㄸ [dd]	ㅃ [bb]	ㅆ [ss]	ㅉ [jj]	

04 複合母音

ㅐ [ae]	ㅔ [e]	ㅒ [yae]	ㅖ [ye]	ㅘ [wa]
ㅚ [oe]	ㅙ [wae]	ㅞ [we]	ㅝ [wo]	ㅟ [wi]
ㅢ [ui]				

05 收尾音

ㄱ [k]	ㄴ [n]	ㄷ [t]	ㄹ [l]	ㅁ [m]
ㅂ [b]	ㅇ [ng]			

透過趣味的漫畫聯想及羅馬拼音＋
注音拼音，快速熟記字母發音吧！

Chapter 2 音檔雲端連結

因各家手機系統不同，若無法直接掃描，
仍可以至以下電腦雲端連結下載收聽。
（ https://tinyurl.com/5dv3mwdb ）

Chapter 2

輕鬆完熟韓語40音

Ex
나라
na-ra 國家

 羅馬拼音 [a]
注音拼音 [ㄚ]

發音小秘訣 跟中文的「啊」相似，嘴巴自然地張開，舌頭的位置位於口腔最下面。

 筆 順 練 習

NG

這樣太低囉！

特別提醒 「ㅏ」右邊凸出來的一橫，要位於一豎的中間，不能太上面也不能太下面。

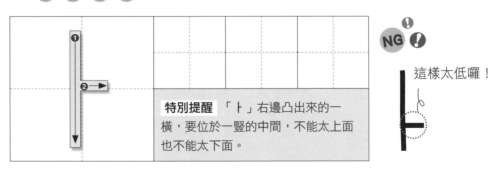

 字 母 位 置

當中聲　라 子音右方　만 右上方

生 活 單 字

 練習

바	지	바	지	바	지
바	지	바	지	바	지

▲ **바지** [ba-ji] 褲子

ㅂ [b] + ㅏ [a] ＝ 바 [ba]
ㅈ [j] + ㅣ [i] ＝ 지 [ji]

 練習

하	루	하	루	하	루
하	루	하	루	하	루

▲ **하루** [ha-ru] 一天

ㅎ [h] + ㅏ [a] ＝ 하 [ha]
ㄹ [r] + ㅜ [u] ＝ 루 [ru]

必 學 常 用 語

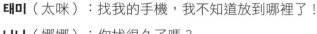

• 「아싸」是韓國人常用的感嘆詞，表開心之意。通常跟中文的「耶！」、
「太棒了！」的意思差不多。

나나（娜娜）：你到底在做什麼啊？

태미（太咪）：找我的手機，我不知道放到哪裡了！

나나（娜娜）：你找很久了嗎？

태미（太咪）：對啊……（尋找中）아싸（a-ssa）！找到了！

Chapter 02 輕鬆完熟韓語40音

Track 002

어린이
eo-rin-yi 小孩子

 羅馬拼音 [eo]
注音拼音 [ㄜ]

發音小秘訣 與中文的「額」非常相似,嘴巴比發「ㅏ」的音稍微縮一點,再將舌頭翹高。

 筆 順 練 習

特別提醒 「ㅓ」左邊凸出來的一橫,要位於一豎的中間,不能太上面也不能太下面。

NG

不能凸出去喔!

 字 母 位 置

當中聲　버　子音右方　엄　右上方

 練習

| 거울 | 거울 | 거울 |
| 거울 | 거울 | 거울 |

▲ 거울 [geo-ul] 鏡子

ㄱ [g] + ㅓ [eo] = 거 [geo]
ㅇ 不發音 + ㅜ [u] + ㄹ [l] = 울 [ul]

 練習

| 버 | 스 | 버 | 스 | 버 | 스 |
| 버 | 스 | 버 | 스 | 버 | 스 |

▲ 버스 [beo-seu] 公車

ㅂ [b] + ㅓ [eo] = 버 [beo]
ㅅ [s] + ㅡ [eu] = 스 [seu]

 必學常用語

• 「저기요」原本的意思是「那裡」，之後變成叫喚人、提問時的發語詞，在
餐廳叫服務生也可以用，是韓國人的慣用詞。

나나（娜娜）：（在廁所）沒衛生紙了，太咪可以幫我拿嗎？

태미（太咪）：……………………

나나（娜娜）：저기요?（jeo-gi-yo）저기요?（jeo-gi-yo）

태미（太咪）：……………………

Track 003

Ex
수영
su-yeong 游泳

羅馬拼音 [u]
注音拼音 [ㄨ]

發音小秘訣 與中文的「五」非常相似，嘴巴比
發「ㄛ」的音時再縮一點。

筆 順 練 習

特別提醒 「ㅜ」下面凸出來的一
豎，要位於一橫的中間，不能太左也
不能太右。

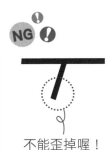
NG

不能歪掉喔！

字 母 位 置

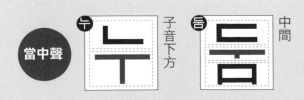
當中聲　누　子音下方　둠　中間

 **生活單字**

練習

구	두	구	두	구	두
구	두	구	두	구	두

▲ **구두** [gu-du] 皮鞋

ㄱ [g] + ㅜ [u] = 구 [gu]
ㄷ [d] + ㅜ [u] = 두 [du]

練習

누	나	누	나	누	나
누	나	누	나	누	나

▲ **누나** [nu-na] 姐姐

ㄴ [n] + ㅜ [u] = 누 [nu]
ㄴ [n] + ㅏ [a] = 나 [na]

 必學常用語

• 「누가 그래요」的中文意思是「誰説的？」，當你聽到消息、很難相信的時候就會用這句來反問。

나나（娜娜）：聽説我們班出現了兩對班對！

태미（太咪）：누가 그래요？（nu-ga geu-rae-yo）

나나（娜娜）：大家都在傳，我也不知道誰先説的。

태미（太咪）：天啊！那到底是哪兩對？

Ex
도서관
do-seo-gwan 圖書館

羅馬拼音 [o]
注音拼音 [ㄡ]

發音小秘訣 與中文的「噢」非常相似，嘴唇要
圓形，並且有一點凸凸的。

筆 順 練 習

特別提醒 「ㅗ」上面凸出來的一
豎，要位於一橫的中間，不能太左也
不能太右。

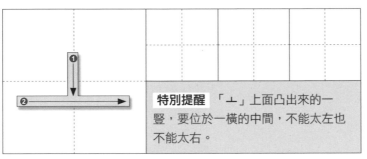

NG
太長了喔！

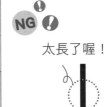

字 母 位 置

當中聲

모 子音下方

본 中間

 **生活單字**

 練習

이	모	이	모	이	모
이	모	이	모	이	모

▲ 이모 [i-mo] 阿姨

○ 不發音 + ㅣ [i] = 이 [i]
ㅁ [m] + ㅗ [o] = 모 [mo]

 練習

오	토	바	이
오	토	바	이

▲ 오토바이 [o-to-ba-yi] 摩托車

○ 不發音 + ㅗ [o] = 오 [o]　　　ㅂ [b] + ㅏ [a] = 바 [ba]
ㅌ [t] + ㅗ [o] = 토 [to]　　　○ 不發音 + ㅣ [i] = 이 [i]

 必 學 常 用 語

• 「조금」表示有「有一點」或「一點點」。非常口語，不可以對長輩講。

나나（娜娜）：我要去買飯，妳勒？

태미（太咪）：不了，我想待在房間。

 나나（娜娜）：是胃不舒服嗎？

태미（太咪）：조금.（jo-geum）吃完早餐就怪怪的……

Ex

다이어트
da-i-eo-teu 減肥

羅馬拼音 [eu]
注音拼音 [ㄜ]

發音小秘訣 發音時肚子要用力，舌頭往下壓，嘴形要比發「ㄜ」時再平一點。

 筆 順 練 習

特別提醒 「一」字是像中文的「一」字一樣，不要太短也不要太長。

NG

太斜了喔！

 **字 母 位 置**

當中聲

스 子音下方

를 中間

 生活單字

그	림	그	림	그	림
그	림	그	림	그	림

練習

▲ 그림 [geu-rim] 畫

ㄱ [g] + 一 [eu] = 그 [geu]
ㄹ [r] + ㅣ [i] + ㅁ [m] = 림 [rim]

스	키	스	키	스	키
스	키	스	키	스	키

練習

▲ 스키 [seu-ki] 滑雪

ㅅ [s] + 一 [eu] = 스 [seu]
ㅋ [k] + ㅣ [i] = 키 [ki]

 必 學 常 用 語

• 「처음이에요」的中文意思是「第一次耶～」，只要沒有做過的事，都可以這
　樣表達！

나나（娜娜）：我們就確定下禮拜天去玩高空彈跳囉？

태미（太咪）：哇！我好期待喔～～

나나（娜娜）：哈哈！妳的反應好大喔！

태미（太咪）：當然會啊！처음이에요.（cheo-eu-mi-e-yo）

 Track 006

Ex
시간
si-gan 時間

羅馬拼音 [i]
注音拼音 [一]

發音小秘訣 與中文的「一」非常相似，嘴巴再平開一點。

 筆 順 練 習

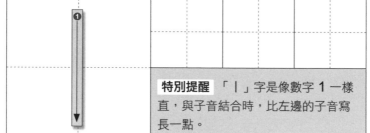

特別提醒 「ㅣ」字是像數字 1 一樣直，與子音結合時，比左邊的子音寫長一點。

NG
不能勾起來，要直直的！

 字 母 位 置

當中聲　기 子音右方　신 右上方

生 活 單 字

 練習

기	차	기	차	기	차
기	차	기	차	기	차

▲ **기차** [gi-cha] 火車

ㄱ [g]+ㅣ [i] ＝ 기 [gi]
ㅊ [ch]+ㅏ [a] ＝ 차 [cha]

 練習

김	치	김	치	김	치
김	치	김	치	김	치

▲ **김치** [gim-chi] 辛奇（泡菜）

ㄱ [g]+ㅣ [i]+ㅁ [m] ＝ 김 [gim]
ㅊ [ch]+ㅣ [i] ＝ 치 [chi]

 必 學 常 用 語

• 「재미있어요」的中文意思是「很好玩！」，跟朋友出去玩、看電影覺得有趣都可以這樣講！

나나（娜娜）：妳覺得高空彈跳初體驗如何啊？

태미（太咪）：재미있어요!（jae-mi-i-sseo-yo）

나나（娜娜）：是喔，不會害怕嗎？

태미（太咪）：嗯！玩過一次就不會怕了！

 Track 007

Ex

약국
yak-guk 藥局

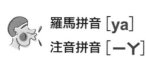

羅馬拼音 [ya]
注音拼音 [一丫]

發音小秘訣 跟中文的「呀」相似，其發音是
「ㅣ」+「ㅏ」，兩個音連著發出
就可以了！

筆順練習

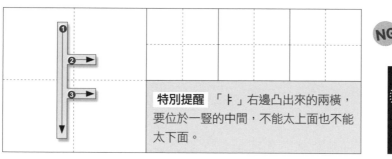

特別提醒 「ㅑ」右邊凸出來的兩橫，
要位於一豎的中間，不能太上面也不能
太下面。

NG

要平均 3 等份！

字母位置

當中聲 야 子音右方

약 右上方

生活單字

練習

야	구	야	구	야	구
야	구	야	구	야	구

▲ **야구** [ya-gu] 棒球

ㅇ 不發音 + ㅑ [ya] = 야 [ya]
ㄱ [g] + ㅜ [u] = 구 [gu]

練習

야	채	야	채	야	채
야	채	야	채	야	채

▲ **야채** [ya-chae] 蔬菜

ㅇ 不發音 + ㅑ [ya] = 야 [ya]
ㅊ [ch] + ㅐ [ae] = 채 [chae]

 ## 必學常用語

• 「야」有「喂」的意思，在韓劇裡也非常常見，用在叫人、或是要跟別人吵架時的發語詞，因為是口語語句，所以不能跟長輩或不熟的人講喔！

나나（娜娜）：欸～我桌上的蛋糕是妳給我的嗎？

태미（太咪）：怎麼可能，妳值得嗎？

나나（娜娜）：야!（ya）妳現在是怎樣～

태미（太咪）：哈哈！開玩笑的啦！

 Track 008

Ex
여름
yeo-reum 夏天

羅馬拼音 [yeo]
注音拼音 [一ㄛ]

發音小秘訣 | 為「ㅣ」、「ㅓ」的結合，先發「ㅣ」再趕快發「ㅓ」，跟中文的「唷」類似。

筆 順 練 習

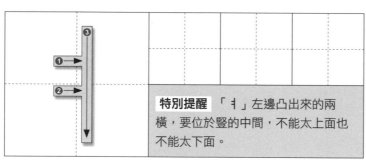

特別提醒 「ㅕ」左邊凸出來的兩橫，要位於豎的中間，不能太上面也不能太下面。

NG
太分開了！

字 母 位 置

當中聲

여 子音右方

영 右上方

 生 活 單 字

練習

병	원	병	원	병	원
병	원	병	원	병	원

▲ **병원** [byeong-won] 醫院

ㅂ [b] + ㅕ [yeo] + ㅇ [ng] = 병 [byeong]
ㅇ (不發音) + ㅝ [wo] + ㄴ [n] = 원 [won]

練習

여	행	여	행	여	행
여	행	여	행	여	행

▲ **여행** [yeo-haeng] 旅行

ㅇ (不發音) + ㅕ [yeo] = 여 [yeo]
ㅎ [h] + ㅐ [ae] + ㅇ [ng] = 행 [haeng]

 必 學 常 用 語

• 「역시」是「果然」的意思，表示某人或是某個東西跟想像中一樣厲害的時候，就會這麼講！

 나나 태미

나나（娜娜）：那個臭男人雖然這樣對我，我還是沒在他面前哭！

태미（太咪）：所以妳沒有表現得很激動嗎？

나나（娜娜）：對啊！說了分手我就走了！

태미（太咪）：역시.（yeok-ssi）這就是李娜娜 Style！

Ex
유학
yu-hak 留學

羅馬拼音 [yu]
注音拼音 [ㄧㄨ]

發音小秘訣 此為「ㅣ」與「ㅜ」的組合，舌頭的位置在口腔最下面，連著發出這兩個音即可！

筆 順 練 習

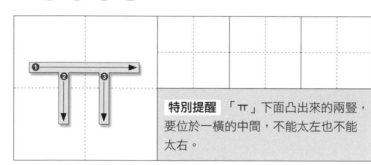

特別提醒 「ㅠ」下面凸出來的兩豎，要位於一橫的中間，不能太左也不能太右。

不要往外開！

字 母 位 置

當中聲　　유 子音下方　　흉 中間

 生活單字

練習

우	유	우	유	우	유
우	유	우	유	우	유

▲ 우유 [u-yu] 牛奶

○ 不發音 + ㅜ [u] ＝ 우 [u]
○ 不發音 + ㅠ [yu] ＝ 유 [yu]

練習

휴	지	휴	지	휴	지
휴	지	휴	지	휴	지

▲ 휴지 [hyu-ji] 衛生紙

ㅎ [h] + ㅠ [yu] ＝ 휴 [hyu]
ㅈ [j] + ㅣ [i] ＝ 지 [ji]

 必學常用語

• 「유명해요」是「很夯、很有名！」的意思，若是歌手、演員、觀光地、品牌……很有名的時候，就可以這樣告訴別人。

나나（娜娜）：妳聽了那首歌了嗎？

태미（太咪）：哪首歌？有上 Music Bank 嗎？！

나나（娜娜）：拜託！유명해요.（yu-myeong-hae-yo）

태미（太咪）：到底是哪首？！

 **Track 010**

Ex

교실
gyo-sil 教室

 羅馬拼音 [yo]
注音拼音 [一ㄡ]

發音小秘訣 與中文的「有」很類似，發音是「丨」和「ㅗ」的結合，將兩個音連著唸即可。

 筆 順 練 習

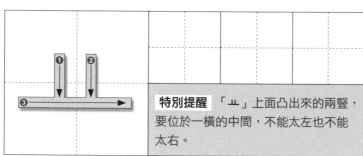

特別提醒 「ㅛ」上面凸出來的兩豎，要位於一橫的中間，不能太左也不能太右。

 NG

要平均 3 等份！

 字 母 位 置

當中聲

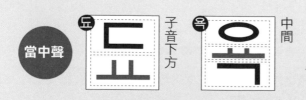

죠 子音下方

옥 中間

 **生活單字**

 練習

요	리	요	리	요	리
요	리	요	리	요	리

▲ **요리** [yo-ri] 料理

> ㅇ 不發音 + ㅛ [yo] = 요 [yo]
> ㄹ [r] + ㅣ [i] = 리 [ri]

 練習

교	회	교	회	교	회
교	회	교	회	교	회

▲ **교회** [gyo-hoe] 教會

> ㄱ [g] + ㅛ [yo] = 교 [gyo]
> ㅎ [h] + ㅚ [oe] = 회 [hoe]

 必學常用語

• 「아니요」表示否定，通常是「沒有」的意思，強烈表達可以是「我才沒有、我哪有」的意思。

나나（娜娜）：噢！我好累喔⋯⋯

태미（太咪）：厚～昨天跟別人約會太晚囉！

나나（娜娜）：아니요.（a-ni-yo）

태미（太咪）：快老實招來！昨晚去哪？！

Ex

은행
eun-haeng 銀行

 當子音時不發音

發音小秘訣　「ㅇ」本身沒有音，與母音結合直接唸母音就好。

 **筆 順 練 習**

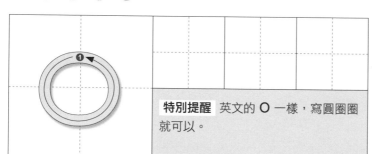

特別提醒　英文的 O 一樣，寫圓圈圈就可以。

 NG

要凸出的一點在正上方！

 **字 母 位 置**

當初聲　아　母音左方　우　母音上方　웨　母音左上方　　當終聲　강　子母音下方

 生 活 單 字

練習

아	빠	아	빠	아	빠
아	빠	아	빠	아	빠

▲ **아빠** [a-bba] 爸爸

○ 不發音 + ㅏ [a] ＝ 아 [a]
ㅃ [bb] + ㅏ [a] ＝ 빠 [bba]

練習

엄	마	엄	마	엄	마
엄	마	엄	마	엄	마

▲ **엄마** [eom-ma] 媽媽

○ 不發音 + ㅓ [eo] + ㅁ [m] ＝ 엄 [eom]
ㅁ [m] + ㅏ [a] ＝ 마 [ma]

 必 學 常 用 語

• 「여보세요」就是我們接電話都會講的「喂？」，非常好用一定要學起來喔！

나나（娜娜）：（手機鈴聲響起）여보세요？（yeo-bo-se-yo）

태미（太咪）：誰打給妳啊？

나나（娜娜）：不知道！接起來又不講話的！（手機鈴聲又響起）

나나（娜娜）：齁！誰啦！

 **Track 012**

Ex

문자
mun-ja 簡訊

 羅馬拼音 [m]
注音拼音 [ㄇ]

發音小秘訣 發這個音的時候，上下嘴唇要碰到。

 筆 順 練 習

NG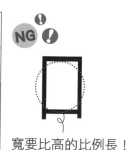

特別提醒 「ㅁ」字是分開三次寫的，與中文「口」字的寫法一模一樣。

寬要比高的比例長！

 字 母 位 置

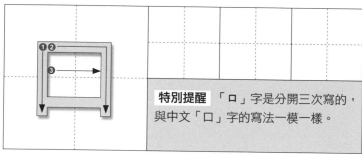

當初聲　매　母音左方　모　母音上方　뮈　母音左上方　　當終聲　람　子母音下方

生活單字

練習

모	자	모	자	모	자
모	자	모	자	모	자

▲ 모자 [mo-ja] 帽子

ㅁ [m]＋ㅗ [o] ＝ 모 [mo]
ㅈ [j]＋ㅏ [a] ＝ 자 [ja]

練習

물	물	물	물	물	물
물	물	물	물	물	물

▲ 물 [mul] 水

ㅁ [m]＋ㅜ [u]＋ㄹ [l] ＝ 물 [mul]

 必 學 常 用 語

• 「맞아요」是「對啊！」的意思，跟我們中文的用法一樣，同意別人的話時
就可以說！

나나（娜娜）：今天午餐要吃哪一間？！

태미（太咪）：都行啊！只要不要昨天那間。

나나（娜娜）：哈，妳是不是也覺得它的紅茶很難喝？

태미（太咪）：맞아요!（ma-ja-yo）

Track 013

노래
no-rae 歌

 羅馬拼音 [n]
注音拼音 [ㄋ]

發音小秘訣 舌頭會先碰上齒齦，再輕輕發出此音即可！

 筆 順 練 習

特別提醒 「ㄴ」字的豎與橫不是分開寫的，須一次寫完，橫的部分比較長一點。

NG
太長了！

 字 母 位 置

當初聲　나　母音左方　　노　母音上方　　놔　母音左上方

當終聲　만　子母音下方

生 活 單 字

練習

나	비	나	비	나	비
나	비	나	비	나	비

▲ **나비** [na-bi] 蝴蝶

ㄴ [n]+ㅏ [a] = 나 [na]
ㅂ [b]+ㅣ [i] = 비 [bi]

練習

나	무	나	무	나	무
나	무	나	무	나	무

▲ **나무** [na-mu] 樹

ㄴ [n]+ㅏ [a] = 나 [na]
ㅁ [m]+ㅜ [u] = 무 [mu]

 必 學 常 用 語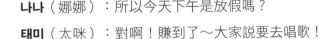

• 「나도 나도」的中文意思是「我也要、我也是」,想積極地表示自己的狀況
與別人相符時就可以用這句話。

나나(娜娜):所以今天下午是放假嗎?

태미(太咪):對啊!賺到了〜大家説要去唱歌!

나나(娜娜):나도 나도.(na-do na-do)

태미(太咪):好呀!一起 GO 吧!

 Track 014

Ex
가요
ga-yo 歌謠

羅馬拼音 [g]
注音拼音 [ㄍ]

發音小秘訣 發音不能太重，要輕輕的唸。聽起來很像「ㄎ」的音，要注意聽。

 筆 順 練 習

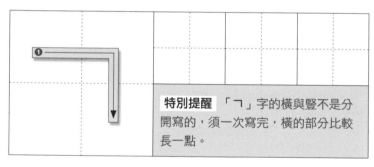

特別提醒 「ㄱ」字的橫與豎不是分開寫的，須一次寫完，橫的部分比較長一點。

NG
上面一橫要水平！

 字 母 位 置

當初聲　가 フ├　母音左方　구 ㅜ　母音上方　귀 ᅱ　母音左上方　當終聲　락 라　子母音下方

生活單字

練習

가	방	가	방	가	방
가	방	가	방	가	방

▴ 가방 [ga-bang] 包包

ㄱ [g]＋ㅏ [a] ＝ 가 [ga]
ㅂ [b]＋ㅏ [a]＋ㅇ [ng] ＝ 방 [bang]

練習

고	구	마	고	구	마
고	구	마	고	구	마

▴ 고구마 [go-gu-ma] 地瓜

ㄱ [g]＋ㅗ [o] ＝ 고 [go] | ㅁ [m]＋ㅏ [a] ＝ 마 [ma]
ㄱ [g]＋ㅜ [u] ＝ 구 [gu] |

必 學 常 用 語

• 「거짓말」在韓文歌裡很常見，就是「謊言」的意思～覺得別人講得不對、
  或是被騙就可以講，跟中文的「騙人、你騙誰呀、才怪勒」差不多意思。

나나（娜娜）：我真的沒有跟金先生出去玩！

태미（太咪）：거짓말.（geo-jin-mal）

나나（娜娜）：真的！妳一定要相信我。

태미（太咪）：我不聽我不聽，勒勒勒～

 Track 015

Ex

두유
du-yu 豆漿

羅馬拼音 [d]
注音拼音 [ㄉ]

發音小秘訣　舌尖先碰上齒齦後立刻往下彈，聽起來很像「ㅌ」的音，要注意聽。

 筆 順 練 習

特別提醒　「ㄷ」字是分兩次寫的，先寫上面的一橫，再來寫「ㄴ」字即可。

NG

兩橫要等長！

字 母 位 置

當初聲　다　母音左方　ㄷ　母音上方　돼　母音左上方　當終聲　답　子母音下方

 **生活單字**

다	리	다	리	다	리
다	리	다	리	다	리

▲ **다리** [da-ri] 腳／橋

ㄷ [d]＋ㅏ [a]＝다 [da]
ㄹ [r]＋ㅣ [i]＝리 [ri]

대	만	대	만	대	만
대	만	대	만	대	만

▲ **대만** [dae-man] 臺灣

ㄷ [d]＋ㅐ [ae]＝대 [dae]
ㅁ [m]＋ㅏ [a]＋ㄴ [n]＝만 [man]

 必學常用語

• 「둘 다」是在有兩項選擇的時候，決定兩個都要會講的話。有「我都要、兩個都是」的意思。

나나（娜娜）：好難選喔！到底要哪份套餐？！

태미（太咪）：快換我們點餐了，妳到底要哪個？！

나나（娜娜）：둘 다!（dul-da）

태미（太咪）：哈哈！真的嗎？妳根本就是大食怪！

Chapter 02 輕鬆完熟韓語40音

 Track 016

바람
ba-ram 風

羅馬拼音 [b]
注音拼音 [ㄅ]

發音小秘訣 嘴巴緊閉之後，將氣輕輕地吐出來。
聽起來很像「ㄆ」的音，要注意聽。

 筆 順 練 習

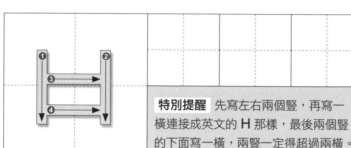

特別提醒 先寫左右兩個豎，再寫一
橫連接成英文的 H 那樣，最後兩個豎
的下面寫一橫，兩豎一定得超過兩橫。

 NG
不可以超過！

字 母 位 置

當初聲　바　母音左方　브　母音上方　붜　母音左上方　當終聲　밥　子母音下方

生活單字

練習

배	우	배	우	배	우
배	우	배	우	배	우

▲ 배우 [bae-u] 演員

ㅂ [b]＋ㅐ [ae]＝배 [bae]
ㅇ 不發音 ＋ㅜ [u]＝우 [u]

練習

비	행	기	비	행	기
비	행	기	비	행	기

▲ 비행기 [bi-haeng-gi] 飛機

ㅂ [b]＋ㅣ [i]＝비 [bi]　　　ㄱ [g]＋ㅣ [i]＝기 [gi]
ㅎ [h]＋ㅐ [ae]＋ㅇ [ng]＝행 [haeng]

必學常用語

• 「보고 싶어요」是「很想念啊！」的意思，在韓文歌裡也很常聽到。於男女
　朋友之間，或是離開家人，想表示想念時都可使用。

나나（娜娜）：（開門）哈囉～寶貝！

태미（太咪）：娜娜～！！妳終於回來了！！

나나（娜娜）：對啊！週末還好嗎？想不想我？

태미（太咪）：보고 싶어요.（bo-go-si-peo-yo）

Ex

사람

sa-ram 人

 羅馬拼音 [s]
注音拼音 [ㄙ/ㄒ]

發音小秘訣 嘴唇平平的稍微張開，氣要從舌頭與牙齒中間出來。

 筆 順 練 習

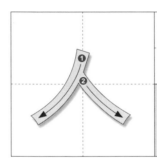

特別提醒 先寫左邊 45 度斜的一撇，再以一撇的中間往上一點當起點，往右邊寫一撇。

 NG

是偏右邊喔！

 字 母 位 置

 當初聲

 사

母音左方

수

母音上方

쉐

母音左上方

 當終聲

 웃

子母音下方

 **生活單字**

練習

사	과	사	과	사	과
사	과	사	과	사	과

▲ **사과** [sa-gwa] 蘋果

ㅅ [s]＋ㅏ [a]＝사 [sa]
ㄱ [g]＋ㅘ [wa]＝과 [gwa]

練習

신	발	신	발	신	발
신	발	신	발	신	발

▲ **신발** [sin-bal] 鞋子

ㅅ [s]＋ㅣ [i]＋ㄴ [n]＝신 [sin]
ㅂ [b]＋ㅏ [a]＋ㄹ [l]＝발 [bal]

 必學常用語

• 「사랑해요」這句話相信大家都不陌生，就是「我愛你」。跟別人告白、表示好感就可以直接用了！

나나（娜娜）：妳都不趕快跟學長講，他要被搶走了！

태미（太咪）：不是，這真的很難表達！

나나（娜娜）：抓住他，有氣魄地說 사랑해요!（sa-rang-hae-yo）

태미（太咪）：這還真是個好建議……

Track 018

Ex
자전거
ja-jeon-geo 腳踏車

 羅馬拼音 [j]
注音拼音 [ㄐ/ㄗ]

發音小秘訣 平常唸出會有偏「ㄗ」的音，與「ㅣ」結合時，會偏「ㄐ」的音。

 筆 順 練 習

特別提醒 有兩種寫法，可拆成「一」跟「人」，另一種是將一橫與一撇連著寫，再從其一撇中間劃一撇，像是「ス」，兩種都是正確寫法。

要在一撇的中間！

 字 母 位 置

當初聲　자　母音左方　쥬　母音上方　줘　母音左上方　當終聲　낮　子母音下方

 **生活單字**

練習

자	동	차	자	동	차
자	동	차	자	동	차

▲ **자동차** [ja-dong-tsa] 汽車

ㅈ [j] + ㅏ [a] ＝ 자 [ja]　　　ㅊ [ch] + ㅏ [a] ＝ 차 [cha]
ㄷ [d] + ㅗ [o] + ㅇ [ng] ＝ 동 [dong]

練習

전	화	전	화	전	화
전	화	전	화	전	화

▲ **전화** [jeon-hwa] 電話

ㅈ [j] + ㅓ [eo] + ㄴ [n] ＝ 전 [jeon]
ㅎ [h] + ㅘ [wa] ＝ 화 [hwa]

 必學常用語

• 「좋아요」與中文相近的意思是「好啊！」，表示對方的意見非常好，或被
　問問題的時候表示肯定。

  나나（娜娜）：告白這種事本來就要有勇氣啊！

   태미（太咪）：那妳要陪我嗎？我一定會語無倫次。

　　　　　나나（娜娜）：좋아요.（jo-a-yo）

　　　　　태미（太咪）：天啊！還是算了啦……

 Track 019

Ex
리본
li-bon 蝴蝶結

 羅馬拼音 [r/l]
注音拼音 [ㄌ]

發音小秘訣 發音時舌尖先碰上齒齦之後，立刻往下放。

 筆 順 練 習

特別提醒 「ㄹ」字是分開三次寫的，上面先寫壓扁的「ㄱ」字的，再來寫「一」字，最後寫壓扁的「ㄴ」字。

 NG

太長了，三橫等長！

 字 母 位 置

當初聲　라 母音左方　루 母音上方　롸 母音左上方　當終聲　늘 子母音下方

라	면	라	면	라	면
라	면	라	면	라	면

▲ 라면 [la-myeon] 泡麵

ㄹ [l] + ㅏ [a] = 라 [la]
ㅁ [m] + ㅕ [yeo] + ㄴ [n] = 면 [myeon]

레	몬	레	몬	레	몬
레	몬	레	몬	레	몬

▲ 레몬 [le-mon] 檸檬

ㄹ [l] + ㅔ [e] = 레 [le]
ㅁ [m] + ㅗ [o] + ㄴ [n] = 몬 [mon]

必學常用語

• 「그래요」的中文類似於「就是嘛……」，當同意別人的意見，或是要給予肯定的回答就會使用。

나나（娜娜）：學長身邊的女生也太多了……

태미（太咪）：그래요...（geu-rae-yo）

나나（娜娜）：快打起精神來，妳可以的！

태미（太咪）：我會的，但是我覺得我會失敗。

 Track 020

Ex
한국
han-guk 韓國

羅馬拼音 [h]
注音拼音 [ㄏ]

發音小秘訣 從喉嚨發出來的音，聲帶磨擦出來的聲音。

 筆 順 練 習

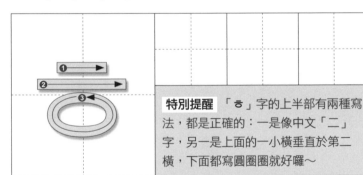

①→
②→
③←

特別提醒 「ㅎ」字的上半部有兩種寫法，都是正確的：一是像中文「二」字，另一是上面的一小橫垂直於第二橫，下面都寫圓圈圈就好囉～

 NG

不可以連在一起！

 字 母 位 置

當初聲 하 母音左方　후 母音上方　희 母音左上方　當終聲 좋 子母音下方

 **生活單字**

 練習

하	늘	하	늘	하	늘
하	늘	하	늘	하	늘

▲ 하늘 [ha-neul] 天空

ㅎ [h]＋ㅏ [a] ＝ 하 [ha]
ㄴ [n]＋ㅡ [eu]＋ㄹ [l] ＝ 늘 [neul]

 練習

핸	드	폰	핸	드	폰
핸	드	폰	핸	드	폰

▲ 핸드폰 [haen-deu-pon] 手機

ㅎ [h]＋ㅐ [ae]＋ㄴ [n] ＝ 핸 [haen] ｜ ㅍ [p]＋ㅗ [o]＋ㄴ [n] ＝ 폰 [pon]
ㄷ [d]＋ㅡ [eu] ＝ 드 [deu]

 必學常用語

• 「하지마요」通常用於勸導別人「不要這樣做、不要這樣子！」，有時候也
  可以表達「不要煩我」。

 나나 태미

나나（娜娜）：學長落單了，就是現在，我們走！

태미（太咪）：하지마요.（ha-ji-ma-yo）

나나（娜娜）：怎麼囉？妳又不想講了？

태미（太咪）：他昨天跟我說他交女朋友了……

清子音、雙子音

 **Track 021**

Ex

친구
chin-gu 朋友

 羅馬拼音 [ch]
注音拼音 [ㄘ]

發音小秘訣 「ㅊ」的發音基本上與「ㅈ」相同，但發音時更用力地將氣吐出來。

 筆 順 練 習

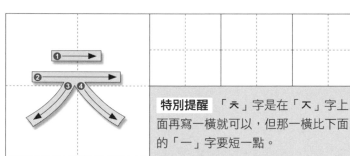

特別提醒 「ㅊ」字是在「ㅈ」字上面再寫一橫就可以，但那一橫比下面的「一」字要短一點。

NG

上面的一點短一點！

 字 母 位 置

當初聲　**치** 母音左方　**츄** 母音上方　**춰** 母音左上方　當終聲　**둧** 子母音下方

 **生活單字**

練習

치	마	치	마	치	마
치	마	치	마	치	마

▲ **치마** [chi-ma] 裙子

ㅊ [ch] + ㅣ [i] ＝ 치 [chi]
ㅁ [m] + ㅏ [a] ＝ 마 [ma]

練習

책	책	책	책	책	책
책	책	책	책	책	책

▲ **책** [chaek] 書

ㅊ [ch] + ㅐ [ae] + ㄱ [k] ＝ 책 [chaek]

 必學常用語

• 「생일 축하해요」的中文就是「生日快樂！」，很簡單也很實用，有人生日的時候就可以講！

나나（娜娜）：**생일 축하해요!**（saeng-il chu-ka-hae-yo）

태미（太咪）：今天是我生日？

나나（娜娜）：吃完這個蛋糕，就趕快從學長的陰影重生吧！

태미（太咪）：唉～謝謝妳了……

 Track 022

Ex
카메라
ka-me-ra 相機

 羅馬拼音 [k]
注音拼音 [ㄎ]

發音小秘訣 「ㅋ」的發音基本上與「ㄱ」相同，但發音時更用力地將氣吐出來。

 筆 順 練 習

NG

特別提醒 「ㅋ」字是先寫「ㄱ」字後，「ㄱ」的中間寫一橫就可以。

太短了！

 字 母 位 置

當初聲 카 母音左方　쿠 母音上方　키 左上方　當終聲 얽 子母音下方

生 活 單 字

練習

카	드	카	드	카	드
카	드	카	드	카	드

▲ 카드 [ka-deu] 卡片

ㅋ [k] + ㅏ [a] = 카 [ka]
ㄷ [d] + ㅡ [eu] = 드 [deu]

練習

커	피	커	피	커	피
커	피	커	피	커	피

▲ 커피 [keo-pi] 咖啡

ㅋ [k] + ㅓ [eo] = 커 [keo]
ㅍ [p] + ㅣ [i] = 피 [pi]

 必 學 常 用 語

• 「커피 마실래요」的直譯是「要不要去喝咖啡？」，但也有衍生的用法是問
人「要不要聊聊、需要談一談嗎？」想關心人時也可以用。

나나（娜娜）：權太咪小姐，妳笑一個嘛？

태미（太咪）：唉……

나나（娜娜）：커피 마실래요？（keo-pi ma-sil-lae-yo）

태미（太咪）：再說吧，我沒心情。

 Track 023

Ex
통장
tong-jang 存摺

羅馬拼音 [t]
注音拼音 [ㄊ]

發音小秘訣 「ㅌ」的發音基本上與「ㄷ」相同，但發音時更用力地將氣吐出來。

 筆 順 練 習

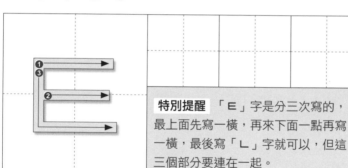

特別提醒 「ㅌ」字是分三次寫的，最上面先寫一橫，再來下面一點再寫一橫，最後寫「ㄴ」字就可以，但這三個部分要連在一起。

NG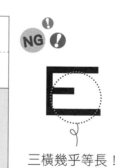

三橫幾乎等長！

 字 母 位 置

當初聲 타 母音左方　투 母音上方　퇴 左上方　　當終聲 낱 子母音下方

生 活 單 字

練
習

택	시	택	시	택	시
택	시	택	시	택	시

▲ **택시** [taek-si] 計程車

ㅌ [t] + ㅐ [ae] + ㄱ [k] = 택 [taek]
ㅅ [s] + ㅣ [i] = 시 [si]

練
習

봉	투	봉	투	봉	투
봉	투	봉	투	봉	투

▲ **봉투** [bong-tu] 信封

ㅂ [b] + ㅗ [o] + ㅇ [ng] = 봉 [bong]
ㅌ [t] + ㅜ [u] = 투 [tu]

 必 學 常 用 語

• 「화이팅」的意思大家一定不陌生！不管在電影、戲劇、綜藝節目，只要想說「加油！」就會這樣講，是從英文的 fighting 拼出音的。

나나（娜娜）：不要再想了，學長也還好而已啦！

태미（太咪）：嗯……我也打算要忘了他了。

나나（娜娜）：權太咪！화이팅!（hwa-i-ting）

태미（太咪）：嗯！화이팅!（hwa-i-ting）

 Track 024

Ex

파리
pa-ri 蒼蠅

羅馬拼音 [p]
注音拼音 [ㄆ]

發音小秘訣 「ㅍ」的發音基本上與「ㅂ」相同，但發音時更用力地將氣吐出來。

 筆 順 練 習

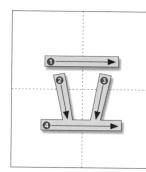

特別提醒 「ㅍ」字是分四次寫的，首先最上面寫一橫，再來在一橫下面左右寫兩個豎，最後在最下面再寫一橫就可以。

NG

二橫都要超過二豎！

字 母 位 置

| 當初聲 |  母音左方 | 母音上方 |  母音左上方 | 當終聲 |  子母音下方 |

 生 活 單 字

練習

포	도	포	도	포	도
포	도	포	도	포	도

▲ 포도 [po-do] 葡萄

ㅍ [p]＋ㅗ [o] ＝ 포 [po]
ㄷ [d]＋ㅗ [o] ＝ 도 [do]

練習

피	아	노	피	아	노
피	아	노	피	아	노

▲ 피아노 [pi-a-no] 鋼琴

ㅍ [p]＋ㅣ [i] ＝ 피 [pi]　　ㄴ [n]＋ㅗ [o] ＝ 노 [no]
ㅇ 不發音 ＋ㅏ [a] ＝ 아 [a]

 必 學 常 用 語

• 「아파요」表示身體的某一部分好痛，或是身體很不舒服時會這樣講。

나나　태미

나나（娜娜）：欸妳看那裡！

태미（太咪）：啊？啊！아파요!!（a-pa-yo）

나나（娜娜）：我們有蛋可以吃了！感謝妳的硬頭殼！

태미（太咪）：可惡，妳也要給我敲一次！

Track 025

Ex

색깔

saek-ggal 顏色

羅馬拼音 [gg]
注音拼音 [ㄍ]

發音小秘訣 | 發音的方式基本上與「ㄱ」相同，但比唸「ㄱ」時，喉嚨還要更加用力。

筆 順 練 習

特別提醒 「ㄲ」字是兩個「ㄱ」放在一起的，但各別的「ㄱ」字要寫窄一點。

NG

大小要一樣大！

字 母 位 置

當初聲 까 母音左方 꾸 母音上方 꿔 母音左上方 當終聲 붂 子母音下方

生活單字

練習

꼬	리	꼬	리	꼬	리
꼬	리	꼬	리	꼬	리

▴ 꼬리 [ggo-ri] 尾巴

ㄲ [gg] + ㅗ [o] = 꼬 [ggo]
ㄹ [r] + ㅣ [i] = 리 [ri]

練習

코	끼	리	코	끼	리
코	끼	리	코	끼	리

▴ 코끼리 [ko-ggi-ri] 大象

ㅋ [k] + ㅗ [o] = 코 [ko]　　　　ㄹ [r] + ㅣ [i] = 리 [ri]
ㄲ [gg] + ㅣ [i] = 끼 [ggi]

 必學常用語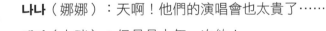

• 「꼭」的中文意思是「一定要」，表示自己一定會做到某事，用於激勵、表示決心的時候。

나나（娜娜）：天啊！他們的演唱會也太貴了……

태미（太咪）：但是是十年一次欸！

나나（娜娜）：說什麼都要去！꼭!（ggok）

태미（太咪）：꼭!（ggok）

 Track 026

Ex

떡
ddeok 年糕

羅馬拼音 [dd]
注音拼音 [ㄉ]

發音小秘訣 發音的方式基本上與「ㄷ」相同，但比唸「ㄷ」時，喉嚨還要更加用力。

 筆順練習

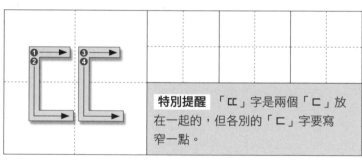

特別提醒 「ㄸ」字是兩個「ㄷ」放在一起的，但各別的「ㄷ」字要寫窄一點。

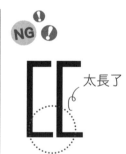
太長了

 字母位置

當初聲

 母音左方

 母音上方

 母音左上方

 生活單字

練習

딸	기	딸	기	딸	기
딸	기	딸	기	딸	기

▲ 딸기 [ddal-gi] 草莓

ㄸ [dd]＋ㅏ [a]＋ㄹ [l] ＝딸 [ddal]
ㄱ [g]＋ㅣ [i] ＝기 [gi]

練習

땅	콩	땅	콩	땅	콩
땅	콩	땅	콩	땅	콩

▲ 땅콩 [ddang-kong] 花生

ㄸ [dd]＋ㅏ [a]＋ㅇ [ng] ＝땅 [ddang]
ㅋ [k]＋ㅗ [o]＋ㅇ [ng] ＝콩 [kong]

 必 學 常 用 語

• 「어떡해」是「怎麼辦？」當不知道該怎麼做、慌張混亂的時候就會講這句
  喔！

나나（娜娜）：電影快開始了，我們走吧！

태미（太咪）：好，我拿一下票！（找了很久）

나나（娜娜）：不在妳包包裡面嗎？

태미（太咪）：我找不到了！어떡해？（eo-ddeo-kae）

Track 027

Ex

뽀뽀
bbo-bbo 親親

羅馬拼音 [bb]
注音拼音 [ㄅ]

發音小秘訣　發音的方式基本上與「ㅂ」相同，但比唸「ㅂ」時，喉嚨還要更加用力。

 筆 順 練 習

特別提醒　「ㅃ」字是兩個「ㅂ」放在一起的，但各別的「ㅂ」字要寫窄一點，一共有八次的筆順。

NG

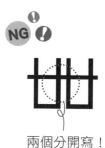

兩個分開寫！

 字 母 位 置

當初聲

　母音左方

　母音上方

　母音左上方

生 活 單 字

 練習

오	빠	오	빠	오	빠
오	빠	오	빠	오	빠

▲ 오빠 [o-bba] 哥哥

ㅇ 不發音 + ㅗ [o] ＝ 오 [o]
ㅃ [bb] + ㅏ [a] ＝ 빠 [bba]

 練習

빵	빵	빵	빵	빵	빵
빵	빵	빵	빵	빵	빵

▲ 빵 [bbang] 麵包

ㅃ [bb] + ㅏ [a] + ㅇ [ng] ＝ 빵 [bbang]

 必 學 常 用 語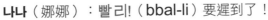

• 「빨리」的中文意思是「快點！」個性急的人很常用。催促別人快點的時候，就可以這樣講！

나나（娜娜）：빨리!（bbal-li）要遲到了！

태미（太咪）：我好想睡覺喔……

나나（娜娜）：不行！快起來！

태미（太咪）：妳先去吧……幫我請假好了。

Chapter 02 輕鬆完熟韓語40音

 Track 028

Ex

날씨
nal-ssi 天氣

 羅馬拼音 [ss]
注音拼音 [ㄙ]

發音小秘訣 發音的方式基本上與「ㅅ」相同，但比唸「ㅅ」時，喉嚨還要更加用力。

 筆 順 練 習

特別提醒 「ㅆ」字是兩個「ㅅ」放在一起的，但各別的「ㅅ」字要寫窄一點。

不要交疊！

 字 母 位 置

當初聲 母音左方   母音上方   母音左上方   當終聲 子母音下方

 **生活單字**

 練習

쓰	레	기	쓰	레	기
쓰	레	기	쓰	레	기

▲ **쓰레기** [sseu-re-gi] 垃圾

쓰 [ss] + ㅡ [eu] = 쓰 [sseu] ㄹ [r] + ㅔ [e] = 레 [re]	ㄱ [g] + ㅣ [i] = 기 [gi]

 練習

쌍	둥	이	쌍	둥	이
쌍	둥	이	쌍	둥	이

▲ **쌍둥이** [ssang-dung-i] 雙胞胎

쓰 [ss] + ㅏ [a] + ㅇ [ng] = 쌍 [ssang] ㄷ [d] + ㅜ [u] + ㅇ [ng] = 둥 [dung]	ㅇ 不發音 + ㅣ [i] = 이 [i]

 必學常用語

• 「싸요」的意思是「很便宜！」買東西或跟別人討論價錢的時候，就會用到這句！

나나（娜娜）：就這樣三件打對折耶！

태미（太咪）：싸요!（ssa-yo）

나나（娜娜）：所以我就買啦！

태미（太咪）：那快穿給我看～～

Chapter 02 輕鬆完熟韓語40音

 **Track 029**

쪽
jjok 頁

 羅馬拼音 [jj]
注音拼音 [ㄐ]

發音小秘訣 發音的方式基本上與「ㅈ」相同，但比唸「ㅈ」時，喉嚨還要更加用力。

 筆順練習

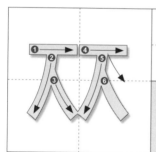

特別提醒 「ㅉ」字是兩個「ㅈ」放在一起的，但各別的「ㅈ」字要寫窄一點。

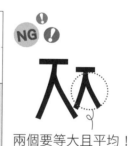

兩個要等大且平均！

 字母位置

當初聲

짜
母音左方

쯌
母音上方

쫘
母音左上方

生活單字

練習

짜	다	짜	다	짜	다
짜	다	짜	다	짜	다

▲ **짜다** [jja-da] 鹹

> ㅉ [jj] + ㅏ [a] ＝ 짜 [jja]
> ㄷ [d] + ㅏ [a] ＝ 다 [da]

練習

김	치	찌	개
김	치	찌	개

▲ **김치찌개** [gim-chi-jji-gae] 泡菜鍋

> ㄱ [g] + ㅣ [i] + ㅁ [m] ＝ 김 [gim]
> ㅊ [ch] + ㅣ [i] ＝ 치 [chi]

> ㅉ [jj] + ㅣ [i] ＝ 찌 [jji]
> ㄱ [g] + ㅐ [ae] ＝ 개 [gae]

 必學常用語

• 「너무 짜요」有「太鹹啦！」的意思，講這句話有一點抱怨的感覺。

 나나
 태미

나나（娜娜）：來！這是李娜娜特調咖哩！

태미（太咪）：看起來好好吃喔！我嚐嚐！

나나（娜娜）：如何？！妳的表情是……？

태미（太咪）：너무 짜요!!（neo-mu jja-yo）

Ex

대학교
dae-hak-gyo 大學

羅馬拼音 [ae]
注音拼音 [ㄝ]

發音小秘訣   嘴巴自然地張開，比發「ㅏ」時的嘴形再縮一點就好。

筆 順 練 習

特別提醒   左邊先寫母音「ㅏ」字，再來寫「ㅣ」字，但是兩個字須連在一起，中間不能有空格。

NG

要連在一起！

字 母 位 置

當中聲

개 子音右方

갱 右上方

練習

개	개	개	개	개	개
개	개	개	개	개	개

▲ **개** [gae] 狗

ㄱ [g] + ㅐ [ae] = 개 [gae]

練習

내	일	내	일	내	일
내	일	내	일	내	일

▲ **내일** [nae-il] 明天

ㄴ [n] + ㅐ [ae] = 내 [nae]
ㅇ 不發音 + ㅣ [i] + ㄹ [l] = 일 [il]

 必學常用語

• 「어때요」有「你覺得怎樣？你覺得勒？」的意思，要求別人意見的時候，
  都會這樣問。

나나（娜娜）：어때요?（eo-ddae-yo）

태미（太咪）：好看！妳挖到寶了！

나나（娜娜）：耶耶！我每次逛街都很幸運！

태미（太咪）：那我下次也要跟妳去！

 **Track 031**

Ex

제주도
je-ju-do 濟州道
（濟州島）

 羅馬拼音［e］
注音拼音［ㄟ］

發音小秘訣 「ㅔ」的發音與「ㅐ」非常相似。但嘴巴稍微縮一點，比「ㅐ」平一點。

 筆 順 練 習

① →
②
③

特別提醒 左邊先寫母音「ㅓ」字，再來寫「丨」字，兩個字母是分開寫的，但距離不能太遠。

NG ❗❗

要連在一起！

 字 母 位 置

當中聲

에 子音右方

엘 右上方

 **生活單字**

세	수	세	수	세	수
세	수	세	수	세	수

練習

▴ **세수** [se-su] 洗臉

ㅅ [s] + ㅔ [e] = 세 [se]
ㅅ [s] + ㅜ [u] = 수 [su]

케	이	크	케	이	크
케	이	크	케	이	크

練習

▴ **케이크** [ke-i-keu] 蛋糕

ㅋ [k] + ㅔ [e] = 케 [ke]
ㅇ 不發音 + ㅣ [i] = 이 [i]

ㅋ [k] + ㅡ [eu] = 크 [keu]

 必學常用語

• 「네」是中文的「是的」，用於肯定的回答。

나나（娜娜）：那我要出去囉！

태미（太咪）：記得！一定要裝成兩份喔！

나나（娜娜）：네. 네. 네.（ne. ne. ne.）

태미（太咪）：不要嫌我囉嗦啦！

 **Track 032**

Ex
개
gyae 那個人（縮寫）

 羅馬拼音 [yae]
注音拼音 [一ㄝ]

| 發音小秘訣 | 「ㅒ」是「ㅣ」加「ㅐ」的組成。先發「ㅣ」的音再趕快發「ㅐ」的音就好囉！ |

 **筆 順 練 習**

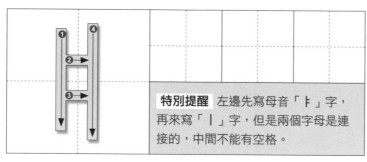

| 特別提醒 | 左邊先寫母音「ㅑ」字，再來寫「ㅣ」字，但是兩個字母是連接的，中間不能有空格。 |

 NG

寬度窄一點！

 **字 母 位 置**

當中聲　애　子音右方　핵　右上方

練習	애	기	애	기	애	기
	애	기	애	기	애	기

▲ 애기 [yae-gi] 談話

○ 不發音 + ㅐ [yae] ＝ 애 [yae]
ㄱ [g] + ㅣ [i] ＝ 기 [gi]

練習	애	애	애	애	애	애
	애	애	애	애	애	애

▲ 애 [yae] 這個人（縮寫）

○ 不發音 + ㅐ [yae] ＝ 애 [yae]

 必學常用語

• 「무슨 얘기요」有「那是什麼？什麼東西？」的意思，反問別人到底有什麼
　事、內容的時候可以使用。

나나（娜娜）：教授剛剛是講「比棲性有孔蟲」嗎？

태미（太咪）：是「底棲性有孔蟲」吧！

나나（娜娜）：무슨 얘기요?（mu-seun yae-gi-yo）

태미（太咪）：其實我也聽不太懂。

Ex

계단
gye-dan 樓梯

 羅馬拼音 [ye]
注音拼音 [ㄧㄝ]

發音小秘訣 「ㅖ」是「ㅣ」加「ㅔ」的結合發音，其發音與「ㅒ」非常相似。

 筆 順 練 習

特別提醒 左邊先寫母音「ㅕ」字，再來寫「ㅣ」字，兩個字母須分開寫，但距離不能太遠。

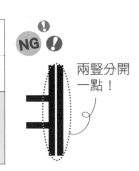

NG

兩豎分開一點！

 字 母 位 置

當中聲　계　子音右方　옐　右上方

 **生活單字**

練習

계	란	계	란	계	란
계	란	계	란	계	란

▲ **계란** [gye-ran] 雞蛋

ㄱ [g] + ㅖ [ye] = 계 [gye]
ㄹ [r] + ㅏ [a] + ㄴ [n] = 란 [ran]

練習

시	계	시	계	시	계
시	계	시	계	시	계

▲ **시계** [si-gye] 時鐘

ㅅ [s] + ㅣ [i] = 시 [si]
ㄱ [g] + ㅖ [ye] = 계 [gye]

 必學常用語

• 「예의 없어요」是「沒禮貌」的意思。「없어요」是「沒有」，平常回答別人「沒做什麼事、沒有什麼東西」也可以用這句。

나나（娜娜）：那小姐就直接插隊拿了贈品！

태미（太咪）：是喔，怎麼有這種人！

나나（娜娜）：예의 없어요.（ye-ui eob-sseo-yo）

태미（太咪）：對啊！超級！

 Track 034

Ex
과일
gwa-il 水果

羅馬拼音 [wa]
注音拼音 [ㄨㄚ]

發音小秘訣 「ㅘ」是「ㅗ」和「ㅏ」的結合，把兩個母音連著發出就行囉！

 筆 順 練 習

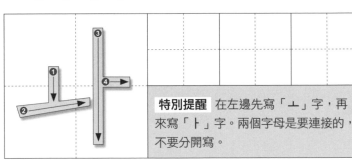

特別提醒 在左邊先寫「ㅗ」字，再來寫「ㅏ」字。兩個字母是要連接的，不要分開寫。

NG
太長了！
ㅘ

 字 母 位 置

當中聲　짜　쫘　子音右下方　달　달　終聲子音上方

練習

과	자	과	자	과	자
과	자	과	자	과	자

▲ 과자 [gwa-ja] 餅乾

ㄱ [g] + ㅘ [wa] = 과 [gwa]
ㅈ [j] + ㅏ [a] = 자 [ja]

練習

화	장	품	화	장	품
화	장	품	화	장	품

▲ 화장품 [hwa-jang-pum] 化妝品

ㅎ [h] + ㅘ [wa] = 화 [hwa]	ㅍ [p] + ㅜ [u] + ㅁ [m] = 품 [pum]
ㅈ [j] + ㅏ [a] + ㅇ [ng] = 장 [jang]	

 必學常用語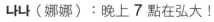

• 「내일 봐요」中的「내일」是明天，「봐요」是見面，完整意思就是「明天見啦！」對同事、同學等每天都會見面的人說的。

 나나 태미

나나（娜娜）：晚上 7 點在弘大！

태미（太咪）：嗯嗯！我回宿舍～妳路上小心！

나나（娜娜）：那我也先回家，明天再會合！

태미（太咪）：嗯！내일 봐요.（nae-il bwa-yo）

 **Track 035**

Ex
퇴원
toe-won 出院

 羅馬拼音 [oe]
注音拼音 [ㄨㄝ]

發音小秘訣 不是將「ㅗ」與「丨」的發音結合，而是會先發「ㅗ」的音再趕快發「ㅐ」的音。

 筆 順 練 習

特別提醒 在左邊先寫「ㅗ」字，再來寫「丨」字。兩個字要連接，不要分開寫。

太上面了！

 字 母 位 置

當中聲

子音右下方

終聲子音上方

生活單字

| 練 | 외 | 할 | 머 | 니 |
| 習 | 외 | 할 | 머 | 니 |

▲ **외할머니** [oe-hal-meo-ni] 外婆

| ㅇ 不發音 + ㅚ [oe] ＝ 외 [oe] | ㅁ [m] + ㅓ [eo] ＝ 머 [meo] |
| ㅎ [h] + ㅏ [a] + ㄹ [l] ＝ 할 [hal] | ㄴ [n] + ㅣ [i] ＝ 니 [ni] |

| 練 | 회 | 사 | 회 | 사 | 회 | 사 |
| 習 | 회 | 사 | 회 | 사 | 회 | 사 |

▲ **회사** [hoe-sa] 公司

ㅎ [h] + ㅚ [oe] ＝ 회 [hoe]
ㅅ [s] + ㅏ [a] ＝ 사 [sa]

必學常用語

• 「괴로워요」的中文類似「很痛苦、難過」，心情很複雜、遇到瓶頸的時候可以用這句話表達。

나나（娜娜）：天啊！數值分析報告我真的寫不出來。

태미（太咪）：妳又卡關了喔？

나나（娜娜）：괴로워요.（goe-ro-wo-yo）

태미（太咪）：先吃個晚餐吧，我們等一下再繼續！

Track 036

Ex
왜
wae 為什麼

羅馬拼音 [**wae**]
注音拼音 [ㄨㄝ]

發音小秘訣 其發音與「ㅚ」非常相似。先發
「ㅗ」的音再趕快發「ㅐ」的音即
可。

筆 順 練 習

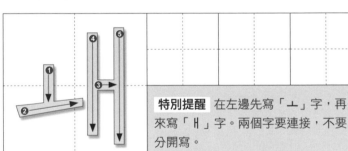

特別提醒 在左邊先寫「ㅗ」字，再
來寫「ㅐ」字。兩個字要連接，不要
分開寫。

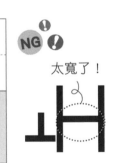
NG
太寬了！

字 母 位 置

當中聲
돼 子音右下方
햇 終聲子音上方

生活單字

練習

돼	지	돼	지	돼	지
돼	지	돼	지	돼	지

▲ **돼지** [dwae-ji] 豬

ㄷ [d]＋ㅙ [wae] ＝ 돼 [dwae]
ㅈ [j]＋ㅣ [i] ＝ 지 [ji]

練習

횃	불	횃	불	횃	불
횃	불	횃	불	횃	불

▲ **횃불** [hwaet-bul] 火炬

ㅎ [h]＋ㅙ [wae]＋ㅅ [t] ＝ 횃 [hwaet]
ㅂ [b]＋ㅜ [u]＋ㄹ [l] ＝ 불 [bul]

必 學 常 用 語 ————————————

• 「왜요」的意思是「為什麼？」發音很好記，因為跟「為什麼」的「為」很
　像，對某一件事情不懂，問理由時就可以用囉！

 　나나（娜娜）：我今天還是不回宿舍，要回家！

 　태미（太咪）：왜요？（wae-yo）

　　　　나나（娜娜）：我媽說明天要跟奶奶吃早餐。

　　　　태미（太咪）：喔！那很好啊！

 Track 037

^{Ex}
웹사이트
web-sa-yi-teu 網站

 羅馬拼音 [we]
注音拼音 [ㄨㄝ]

發音小秘訣 發音時先發「ㅜ」的音再趕快發「ㅔ」的音就好。

 筆 順 練 習

特別提醒 在左邊先寫「ㅜ」字，再來寫「ㅔ」字。「ㅔ」的左邊一點要寫在「ㅜ」一橫的下方。

 NG

一點要在一橫的下方。

 字 母 位 置

當中聲

 쉐 子音右下方

 웹 終聲子音上方

生 活 單 字

練習

웨	이	터	웨	이	터
웨	이	터	웨	이	터

▲ **웨이터** [we-i-teo] 餐廳服務員

○ 不發音 + ㅞ [we] = 웨 [we]	ㅌ [t] + ㅓ [eo] = 터 [teo]
○ 不發音 + ㅣ [i] = 이 [i]	

練習

웨	딩	드	레	스
웨	딩	드	레	스

▲ **웨딩드레스** [we-ding-deu-re-seu] 婚紗

○ 不發音 + ㅞ [we] = 웨 [we]	ㄹ [r] + ㅔ [e] = 레 [re]
ㄷ [d] + ㅣ [i] + ㅇ [ng] = 딩 [ding]	ㅅ [s] + ㅡ [eu] = 스 [seu]
ㄷ [d] + ㅡ [eu] = 드 [deu]	

 必 學 常 用 語

• 「웨딩드레스가 예뻐요」的完整意思是「婚紗很好看！」通常「ㅞ」很少
  用，基本上只用於幾個外來語而已。

　나나（娜娜）：全智賢結婚了！！

　태미（太咪）：對啊，妳看她上雜誌封面！

　나나（娜娜）：웨딩드레스가 예뻐요.（we-ding-deu-re-
　　　　　　　　　seu-ga ye-bbeo-yo）

　태미（太咪）：應該說是她穿著，所以很漂亮！

태권도
tae-gwon-do 跆拳道

羅馬拼音 [wo]
注音拼音 [ㄨㄛ]

發音小秘訣 「ᅯ」是「ㅜ」加「ㅓ」的結合發音，連起來發音就好囉！

筆順練習

NG
一點要在一橫的下方。

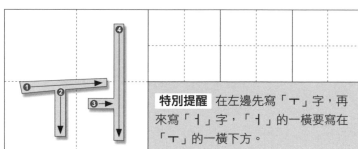

特別提醒 在左邊先寫「ㅜ」字，再來寫「ㅓ」字，「ㅓ」的一橫要寫在「ㅜ」的一橫下方。

字母位置

當中聲

뷔 子音右下方

원 終聲子音上方

生活單字

 練習

원	피	스	원	피	스
원	피	스	원	피	스

▲ **원피스** [won-pi-seu] 洋裝

ㅇ (不發音) + ㅝ [wo] + ㄴ [n] = 원 [won] ㅣ ㅅ [s] + ㅡ [eu] = 스 [seu]
ㅍ [p] + ㅣ [i] = 피 [pi]

 練習

권	총	권	총	권	총
권	총	권	총	권	총

▲ **권총** [gwon-chong] 手槍

ㄱ [g] + ㅝ [wo] + ㄴ [n] = 권 [gwon]
ㅊ [ch] + ㅗ [o] + ㅇ [ng] = 총 [chong]

必學常用語

• 「뭐해요」是「你在做什麼？」不一定要問對方正在做什麼，是習慣用語，
用在關心對方。其中的「뭐」就有「蝦咪？啥？」的意思，聽不懂人家講什麼也可以直接用！

나나（娜娜）：뭐해요？（mwo-hae-yo）

태미（太咪）：我在寫當代政治分析的報告。

나나（娜娜）：是喔？妳看起來很苦惱。

태미（太咪）：對啊！我腦子要炸開了！

 Track 039

Ex

취미
chwi-mi 愛好

 羅馬拼音 [wi]
注音拼音 [ㄩ]

發音小秘訣 「ㅟ」是「ㅜ」加「ㅣ」的結合發
音，兩個音連著發就好囉！

 筆 順 練 習

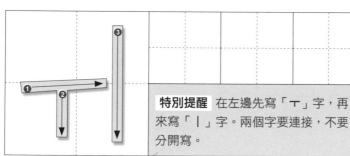

特別提醒 在左邊先寫「ㅜ」字，再
來寫「ㅣ」字。兩個字要連接，不要
分開寫。

 NG

縮小後往下一點！

 字 母 位 置

當中聲

쒸 子音右下方

원 終聲子音上方

 生活單字

練習

가	위	가	위	가	위
가	위	가	위	가	위

▲ **가위** [ga-wi] 剪刀

ㄱ [g] + ㅏ [a] = 가 [ga]
ㅇ 不發音 + ㅟ [wi] = 위 [wi]

練習

귀	걸	이	귀	걸	이
귀	걸	이	귀	걸	이

▲ **귀걸이** [gwi-geol-i] 耳環

ㄱ [g] + ㅟ [wi] = 귀 [gwi]
ㄱ [g] + ㅓ [eo] + ㄹ [l] = 걸 [geol]

ㅇ 不發音 + ㅣ [i] = 이 [i]

 必學常用語

• 「너무 아쉬워요」的意思是「好可惜喔……」有人離開，或得不到所渴望的
  東西等情況下可以使用。

나나（娜娜）：之後有一些誤會，我跟他最後就只是朋友。

태미（太咪）：너무 아쉬워요.（neo-mu a-swi-wo-yo）

나나（娜娜）：對啊……但是也沒辦法。

태미（太咪）：還是有機會的，以後！

 **Track 040**

Ex

흰색
huin-saek 白色

 羅馬拼音 [ui]
注音拼音 [ㄜㄧ]

發音小秘訣 「ㅢ」是「ㅡ」加「ㅣ」的結合發音。兩個音連著發出就好囉！

 筆 順 練 習

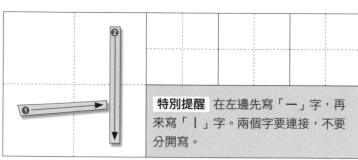

特別提醒 在左邊先寫「ㅡ」字，再來寫「ㅣ」字。兩個字要連接，不要分開寫。

NG

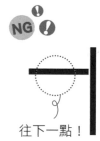

往下一點！

 字 母 位 置

當中聲

흐ㅢ 子音右下方

흰 終聲子音上方

 生活單字

練習

의	사	의	사	의	사
의	사	의	사	의	사

▲ 의사 [ui-sa] 醫生

ㅇ 不發音 + ㅢ [ui] = 의 [ui]
ㅅ [s] + ㅏ [a] = 사 [sa]

練習

의	자	의	자	의	자
의	자	의	자	의	자

▲ 의자 [ui-ja] 椅子

ㅇ 不發音 + ㅢ [ui] = 의 [ui]
ㅈ [j] + ㅏ [a] = 자 [ja]

 必學常用語

• 「의미있는 일이네요」表示某件事情很有意義，值得稱讚。直譯是「很有意義的事情」。

나나（娜娜）：他就自己騎著單車，一路騎到釜山。

태미（太咪）：感覺很辛苦，我好佩服他！

나나（娜娜）：의미있는 일이네요.（ui-mi-in-neun i-ri-ne-yo）

태미（太咪）：嗯！一個人旅行能更看清自己！

Ex
약속
yak-sok 約定

羅馬拼音 [k]

發音小秘訣 ㄱ,ㅋ,ㄲ,ㄳ,ㄹ 當收尾音時，都發「ㄱ」的音，嘴巴不會閉起來，喉嚨會用力發出聲音。

 筆 順 練 習

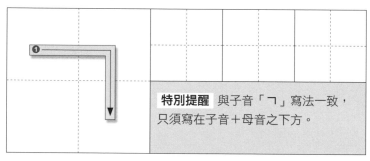

特別提醒 與子音「ㄱ」寫法一致，只須寫在子音＋母音之下方。

NG

放在中間。

 字 母 位 置

 **生活單字**

練習

도	시	락	도	시	락
도	시	락	도	시	락

▲ **도시락** [do-si-rak] 便當

ㄷ [d] + ㅗ [o] = 도 [do]　　　ㄹ [r] + ㅏ [a] + ㄱ [k] = 락 [rak]
ㅅ [s] + ㅣ [i] = 시 [si]

練習

부	엌	부	엌	부	엌
부	엌	부	엌	부	엌

▲ **부엌** [bu-eok] 廚房

ㅂ [b] + ㅜ [u] = 부 [bu]
ㅇ 不發音 + ㅓ [eo] + ㅋ [k] = 엌 [eok]

 必學常用語

• 「깎아주세요」在逛街想殺價時就可以用到，是「算我便宜一點啦！」的意思。

나나（娜娜）：我每次逛街都覺得殺價好難喔……

태미（太咪）：哦？那妳可以把我當店員練習一下啊！

나나（娜娜）：美麗的歐逆～깎아주세요!（gga-kka-ju-se-yo）

태미（太咪）：妳都這個臉殺價，難怪不會成功。

Ex

신문
sin-mun 報紙

羅馬拼音 [n]

發音小秘訣 ㄴ, ㄵ, ㄶ 當收尾音時，都發「ㄴ」的音，舌尖會貼在上牙齦。

 筆 順 練 習

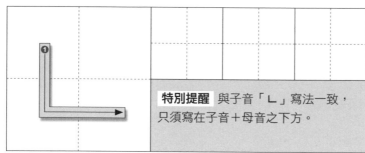

特別提醒 與子音「ㄴ」寫法一致，只須寫在子音＋母音之下方。

NG

長一點！

 字 母 位 置

當初聲　나　母音左方　　노　母音上方　　놔　母音左上方　　當終聲　만　子母音下方

 生活單字

 練習

우	산	우	산	우	산
우	산	우	산	우	산

▲ 우산 [u-san] 雨傘

ㅇ 不發音 + ㅜ [u] = 우 [u]
ㅅ [s]+ ㅏ [a]+ ㄴ [n] = 산 [san]

 練習

당	근	당	근	당	근
당	근	당	근	당	근

▲ 당근 [dang-geun] 紅蘿蔔

ㄷ [d]+ ㅏ [a]+ ㅇ [ng] = 당 [dang]
ㄱ [g]+ ㅡ [eu]+ ㄴ [n] = 근 [geun]

 必學常用語

• 「간단해요」是「很簡單」的意思,這句中「간단」的發音,就跟臺語的「簡單」很像,學起來是不是真的很「甘單」啊～!

 나나 태미

나나(娜娜):妳只要最後把它取 log,答案就出來了!

태미(太咪):欸!真的欸!

나나(娜娜):간단해요.(gan-dan-hae-yo)

태미(太咪):對啊!妳教就很簡單!

Chapter 02 輕鬆完熟韓語40音

빛
bit 光

羅馬拼音 [t]

發音小秘訣 ㄷ,ㅅ,ㅆ,ㅈ,ㅌ,ㅊ,ㅎ當收尾音時，都發「ㄷ」的音，舌尖貼在上牙齦，用力發出聲。

 筆 順 練 習

特別提醒 與子音「ㄷ」寫法一致，只須寫在子音＋母音之下方。

NG

不要超過上面寬度！

字 母 位 置

當初聲　다　母音左方　드　母音上方　돼　母音左上方　當終聲　닫　子母音下方

生活單字

練習

옷	옷	옷	옷	옷	옷
옷	옷	옷	옷	옷	옷

▲ 옷 [ot] 衣服

○ 不發音 + ㅗ [o] + ㅅ [t] = 옷 [ot]

練習

꽃	꽃	꽃	꽃	꽃	꽃
꽃	꽃	꽃	꽃	꽃	꽃

▲ 꽃 [ggot] 花

ㄲ [gg] + ㅗ [o] + ㅊ [t] = 꽃 [got]

必學常用語

• 「늦었어요」表示去哪裡的時候「已經遲到了、來不及了」。上課、上班、搭車……都可以用到。

나나（娜娜）：快到了，我們來得及嗎？

태미（太咪）：늦었어요.（neu-jeo-sseo-yo）

나나（娜娜）：蛤～那只好看看能不能換票吧！

태미（太咪）：嗯，我們去看看！

Track 044

Ex
겨울
gyeo-wul 冬天

羅馬拼音 [l]

發音小秘訣 ㄹ, ㄼ, ㄽ, ㄾ, ㅀ 當收尾音時，都發「ㄹ」的音，將舌頭抬起來，不需捲舌。

筆 順 練 習

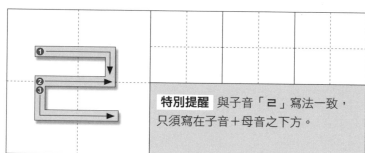

特別提醒 與子音「ㄹ」寫法一致，只須寫在子音＋母音之下方。

太長了！

字 母 位 置

當初聲　라　母音左方　루　母音上方　롸　母音左上方

當終聲　늘　子母音下方

生活單字

 練習

열	쇠	열	쇠	열	쇠
열	쇠	열	쇠	열	쇠

▲ **열쇠** [yeol-soe] 鑰匙

ㅇ 不發音 + ㅕ [yeo] + ㄹ [l] = 열 [yeol]
ㅅ [s] + ㅚ [ue] = 쇠 [sue]

 練習

양	말	양	말	양	말
양	말	양	말	양	말

▲ **양말** [yang-mal] 襪子

ㅇ 不發音 + ㅑ [ya] + ㅇ [ng] = 양 [yang]
ㅁ [m] + ㅏ [a] + ㄹ [l] = 말 [mal]

 必-學-常-用-語

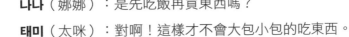

• 「알았어요」表示了解對方的意思、了解情況，跟中文的「知道了」的意思相近。

나나（娜娜）：是先吃飯再買東西嗎？

태미（太咪）：對啊！這樣才不會大包小包的吃東西。

나나（娜娜）：알았어요.（**a-ra-sseo-yo**）

태미（太咪）：那我們就出發吧！

봄
bom 春天

 羅馬拼音 [m]

發音小秘訣 ㅁ，ㄻ當收尾音時都發「ㅁ」的音，
嘴巴輕輕的閉起來。

 筆 順 練 習

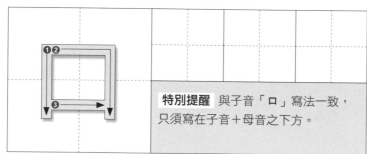

特別提醒 與子音「ㅁ」寫法一致，
只須寫在子音＋母音之下方。

NG

要扁一點。

 字 母 位 置

當初聲　매　母音左方　모　母音上方　뭐　母音左上方　當終聲　람　子母音下方

 生活單字

 練習

김	김	김	김	김	김
김	김	김	김	김	김

▲ 김 [gim] 海苔

ㄱ [g] + ㅣ [i] + ㅁ [m] ＝ 김 [gim]

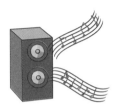 練習

음	악	음	악	음	악
음	악	음	악	음	악

▲ 음악 [eum-ak] 音樂

○ 不發音 + ㅡ [eu] + ㅁ [m] ＝ 음 [eum]
○ 不發音 + ㅏ [a] + ㄱ [k] ＝ 악 [ak]

 必學常用語

• 「마음에 들어요」是「很喜歡〜」的意思，看到東西覺得很喜歡、感到滿意的時候，或是收到禮物覺得很喜歡也可以説。

나나（娜娜）：天啊！妳看，這本筆記本！

태미（太咪）：喔！好可愛喔！

나나（娜娜）：對吧！這應該是妳會喜歡的風格？

태미（太咪）：마음에 들어요.（ma-eu-me deu-reo-yo）

Chapter 02 輕鬆完熟韓語40音

Ex

무릎
mu-reub 膝蓋

 羅馬拼音 [b]

發音小秘訣 ㅂ,ㅍ,ㅄ,ㄿ 當收尾音時都發「ㅂ」的音，雙唇閉起來，用力發出聲。

筆 順 練 習

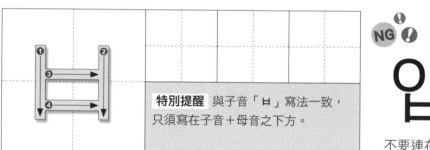

特別提醒 與子音「ㅂ」寫法一致，只須寫在子音＋母音之下方。

NG

앱

不要連在一起。

字 母 位 置

當初聲 바 母音左方 　ㅂ 母音上方　붜 母音左上方　當終聲 밥 子母音下方

生活單字

練習

집	집	집	집	집	집
집	집	집	집	집	집

▲ **집** [jib] 家

ㅈ [j] + ㅣ [i] + ㅂ [b] = 집 [jib]

練習

밥	밥	밥	밥	밥	밥
밥	밥	밥	밥	밥	밥

▲ **밥** [bab] 飯

ㅂ [b] + ㅏ [a] + ㅂ [b] = 밥 [bab]

必學常用語

• 吃到很辣的食物，就會説「맵다」，是「很辣很辣！」的意思。

나나（娜娜）：妳確定妳要吃？

태미（太咪）：對啊！我愈來愈能吃辣的了！

나나（娜娜）：那妳先吃一小口看看！

태미（太咪）：맵다!（maeb-dda）

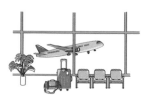

Track 047

Ex

공항
gong-hang 機場

 羅馬拼音 [ng]

發音小秘訣　唸收尾音「ㅇ」時，嘴唇不會閉起來，有點鼻音的感覺。

 筆 順 練 習

特別提醒　與子音「ㅇ」寫法一致，只須寫在子音＋母音之下方。

小一點！

 字 母 位 置

當初聲　아　母音左方　우　母音上方　웨　母音左上方　當終聲　강　子母音下方

生活單字

| 練 | 강 | 아 | 지 | 강 | 아 | 지 |
| 習 | 강 | 아 | 지 | 강 | 아 | 지 |

▲ 강아지 [gang-a-ji] 小狗

| ㄱ [g]+ㅏ [a]+ㅇ [ng]＝강 [gang] | ㅈ [j]+ㅣ [i]＝지 [ji] |
| ㅇ 不發音 +ㅏ [a]＝아 [a] | |

| 練 | 영 | 화 | 영 | 화 | 영 | 화 |
| 習 | 영 | 화 | 영 | 화 | 영 | 화 |

▲ 영화 [yeong-hwa] 電影

ㅇ 不發音 +ㅕ [yeo]+ㅇ [ng] ＝ 영 [yeong]
ㅎ [h]+ㅘ [wa] ＝ 화 [hwa]

 必學常用語

• 韓語的 KTV 是「노래방」，若直接翻譯的話是「歌房」，在韓國很多、很常看到，「노래방 가요」就是「一起去唱歌吧！」

나나（娜娜）：終於考完試了！

태미（太咪）：對啊～大開心！

나나（娜娜）：노래방 가요.（no-rae-bang ga-yo）

태미（太咪）：好！GO GO！

什麼是連音？硬化音又該怎麼說？
來來來，這次發音一定不混亂！
另外，藉由小小的測驗鍛鍊，
再次複習前面學過的字母，幫助加深記憶哦！

Chapter 3 音檔雲端連結

因各家手機系統不同，若無法直接掃描，
仍可以至以下電腦雲端連結下載收聽。
（https://tinyurl.com/bdhfn64r）

Chapter 3

發音精華
整理＋鍛鍊
複習測驗

精華整理

一、基本母音

✷ 最基本 6 個母音：ㅏ、ㅓ、ㅜ、ㅗ、ㅡ、ㅣ

✷ 基本 6 母音結合而成的 4 個母音：ㅑ、ㅕ、ㅠ、ㅛ

▶ ㅣ + ㅏ = ㅑ

▶ ㅣ + ㅓ = ㅕ

▶ ㅣ + ㅜ = ㅠ

▶ ㅣ + ㅗ = ㅛ

字母	發音對照	發音記憶
ㅏ	[a] / [ㄚ]	伸個懶腰，張大嘴巴說出「阿～」就好囉！
ㅓ	[eo] / [ㄛ]	有點不情願地說一聲「喔」，嘴巴不要開太大！
ㅜ	[u] / [ㄨ]	用吸管喝飲料的嘴型，但是要把音吹出去！
ㅗ	[o] / [ㄡ]	想像被驚嚇時的眼睛跟嘴巴，「O～」嘴型就是圓圓的！
ㅡ	[eu] / [ㄜ]	看到討厭東西時的臉，嘴巴拉長、拉平的說「ㄜ……」
ㅣ	[i] / [一]	舉起手指頭比 1，這個形狀、這個音超好記！
ㅑ	[ya] / [一ㄚ]	「一」講完馬上張開嘴說「阿」，連著一起發音！
ㅕ	[yeo] / [一ㄛ]	「一」講完馬上張開嘴說「喔」，連著一起發音！
ㅠ	[yu] / [一ㄨ]	跟英文的「U」發音很像，台語說「手油油」的「油～」。
ㅛ	[yo] / [一ㄡ]	安妞哈誰喲！就是這個喲！心情好、語氣上揚的「呦」！

二、基本子音

　　基本子音就是所謂的「平音」，發音時不會很重，也不能獨立發出聲音，須加上母音才能發出聲來，所以單獨發聲時是很輕的聲音！

字母	發音對照	發音記憶
ㅇ	當子音時不發音	音量調到「0」就不會有聲音喔！
ㅁ	[m] / [ㄇ]	嘴巴要合起來，像吃東西一樣發出「盎拇盎拇」的聲音。
ㄴ	[n] / [ㄋ]	舌頭要碰一下上齒的位置。
ㄱ	[g] / [ㄍ]	偷偷的「ㄎㄎ」笑，身體拱起來就像「ㄱ」一樣喔！
ㄷ	[d] / [ㄉ]	「ㄷ」像釘書機一樣，「ㄉ、ㄉ……」的釘起來！
ㅂ	[b] / [ㄅ]	在字首時，偏「ㄆ」的音，在非字首時，偏「ㄅ」的音。
ㅅ	[s] / [ㄙ/ㄒ]	「ㅅ」像兩腳開太開，「ㄙ～」的一聲褲子破了！
ㅈ	[j] / [ㄐ/ㄗ]	在字首時，偏「ㄘ」有氣出來，非字首時偏「ㄗ」的音。
ㄹ	[r/l] / [ㄌ]	舌頭快速上下動，發出「ㄌㄌㄌ……」的聲音！
ㅎ	[h] / [ㄏ]	妹妹帶了個蠢帽子，「哈」一聲把氣呵出來！

三、清子音、雙子音

　　基本子音稱作「平音」，如果發「平音」時大大的吐出氣，就成了「清子音」，也就是「激音」；另一種則是把平音發得重、急促且將氣留在喉嚨裡，就會變成「雙子音」，也就是「硬音」。

【清子音】將音發得很激烈、會吐氣：

　　有 4 個音「ㅋ、ㅌ、ㅍ、ㅊ」，發音時和英文發音的 k, t, p, ch 非常相似。

【雙子音】發音時要很重：

　　有 5 個音「ㄲ、ㄸ、ㅃ、ㅆ、ㅉ」，發音時和注音的「ㄍ、ㄉ、ㄅ、ㄙ、ㄐ」非常相似。

＊ 請把一張面紙放在嘴巴前面，比較發音差別！

　▸1 平音（基本子音）：面紙輕微搖動。

　▸2 硬音（雙子音）：面紙幾乎不動！

　▸3 激音（清子音）：面紙飄了起來！

＊ 3 種發音方式的字母對照

平音	ㄱ	ㄷ	ㅂ	ㅅ	ㅈ
硬音	ㄲ	ㄸ	ㅃ	ㅆ	ㅉ
激音	ㅋ	ㅌ	ㅍ		ㅊ

四、複合母音

　　複合母音基本上都是一個基本母音跟另一個基本母音的組合。所以背好基本母音的話，複合母音很容易就能推出來。複合母音總共有11個，各個組合與發音統整如下。

字母	造字方式	發音對照
ㅐ	ㅏ + ㅣ	[ae] / [ㄝ]
ㅔ	ㅓ + ㅣ	[e] / [ㄝ]
ㅒ	ㅣ + ㅐ	[yae] / [一ㄝ]
ㅖ	ㅣ + ㅔ	[ye] / [一ㄝ]
ㅘ	ㅗ + ㅏ	[wa] / [ㄨㄚ]
ㅚ	ㅗ + ㅣ	[oe] / [ㄨㄝ]
ㅙ	ㅗ + ㅐ	[wae] / [ㄨㄝ]
ㅞ	ㅜ + ㅔ	[we] / [ㄨㄝ]
ㅝ	ㅜ + ㅓ	[wo] / [ㄨㄛ]
ㅟ	ㅜ + ㅣ	[wi] / [ㄩ]
ㅢ	ㅡ + ㅣ	[ui] / [ㄜ一]

✱ 特別注意！

　　雖然複合母音都是兩個母音加起來寫，發音也是兩個音連著唸就可以的，但是其中有 3 個複合母音「ㅐ、ㅔ、ㅚ」比較特別，其造字方式跟發音方式是不一樣的，所以不要傻傻的照唸喔！

五、收尾音

✱ 尾音會出現的方式

▶1 單韻尾音：只有一個子音收尾音，例如：한、원、약……

▶2 雙韻尾音：兩個子音做收尾音，例如：많、몫……

　　遇到不同的收尾音方式都別怕！因為，雖然收尾音有單韻尾音、雙韻尾音，但是尾音唸出時，只會有一個音！因此，我們以 7 個發音為代表來學習，分別是前面學到的「ㄱ、ㄴ、ㄷ、ㄹ、ㅁ、ㅂ、ㅇ」，雖然寫的尾音不一定是這 7 個字，但是發音一定會是這 7 個音中的一個，所以學完代表音的發音，就算完整了解所有收尾音的發音囉！

遇到這些尾音	就用這個代表音發音
ㄱ ㅋ ㄲ ㄳ ㄺ	ㄱ
ㄴ ㄵ ㄶ	ㄴ
ㄷ ㅅ ㅈ ㅊ ㅌ ㅎ ㅆ	ㄷ
ㄹ ㄼ ㄽ ㄾ ㅀ	ㄹ
ㅁ ㄻ	ㅁ
ㅂ ㅍ ㅄ ㄿ	ㅂ
ㅇ	ㅇ

發音規則

一、連音

單韻尾音之連音

　　單韻尾音就是前面學到的結構中，當終聲的子音只有一個，例如：월、발、연、집 等等。無論是哪一個收尾音，當後面接著出現「ㅇ」時，直接將收尾音的子音移到後面，取代掉「ㅇ」的位置（因為原本「ㅇ」就不發音），並發其音即可。

 基本規則看這裡！

單韻收尾音＋後面子音「ㅇ」＝ 收尾音子音取代「ㅇ」

| 範例 | |韓文字書寫拼音| 월요일 星期一（wol-yo-il） |
| | |正確發音| 워료일（wo-ryo-il） |

| 其他例子 | 발음 → 바름（發音）　　　집에 → 지베（在家） |
| | 연음 → 여늠（連音） |

練習說說看！

· 오늘은 월요일이다. 今天是禮拜一。

　➡ 오느른 워료이리다.（o-neu-reun wo-ryo-i-ri-da.）

· 집에 가고 싶다. 我想回家。

　➡ 지베 가고 십따.（ji-be ga-go sip-dda.）

　＊ 싶다：硬音化

雙韻尾音之連音

　　雙韻尾音就是在收尾音部分，有兩個子音當終聲，例如：없、많 等等。當後面出現的字是「ㅇ」時，將左邊子音留下當收尾音，右邊子音取代「ㅇ」做連音。

 基本規則看這裡！

雙韻收尾音 + 後面子音「ㅇ」=
收尾音之左邊子音做收尾音，右邊子音取代「ㅇ」

範例	|韓文字書寫拼音| 없어요. 沒有（eops-eo-yo.）
	|正確發音| 업써요.（eop-sseo-yo.）

練習說說看！

· 많이 보고 싶어요. 非常想念啊！

　➡ 마니 보고 시퍼요.（ma-ni bo-go si-peo-yo.）

二、硬音化

還記得前面所學的平音跟硬音嗎？「平音」即是一般子音發音，發音會比較輕；而「硬音」則是所謂的「雙子音」，其發音會較平音發音更重、短促，並且將氣收在喉嚨裡。因此，「硬音化」在說的情況便是，將原本的「平音」，轉變成發音加重的「硬音」。當收尾音 ㄱ、ㄷ、ㄹ、ㅂ 後面接的子音是 ㄱ、ㄷ、ㅂ、ㅅ、ㅈ時，原本的子音（平音）會變成雙子音（硬音），其發音會更加重。

 基本規則看這裡！

收尾音（ㄱ、ㄷ、ㄹ、ㅂ）＋後面字的子音（ㄱ、ㄷ、ㅂ、ㅅ、ㅈ）
＝後面字的子音（ㄲ、ㄸ、ㅃ、ㅆ、ㅉ）

| 範例 | |韓文字書寫拼音| 입다 穿（ip-da） |
| | |正確發音| 입따（ip-dda） |

| 其他例子 | 먹다 → 먹따（吃）　　학생 → 학쌩（學生）
잡지 → 잡찌（雜誌） |

練習說說看！

· 원피스를 입다.　穿洋裝。

➡ 원피스를 입따.（won-pi-seu-reul ip-dda.）

· 김치찌개를 먹다.　吃泡菜鍋。

➡ 김치찌개를 먹따.（gim-chi-jji-gae-reul meok-dda.）

· 잡지를 보다.　看雜誌。

➡ 잡찌를 보다.（jap-jji-reul bo-da.）

三、子音同化

ㄴ 被 ㄹ 同化

　　無論是收尾音「ㄴ」遇到子音「ㄹ」，或是收尾音「ㄹ」遇到子音「ㄴ」，「ㄴ」都會變成「ㄹ」發音，稱之被「ㄹ」同化的現象。

 ## 基本規則看這裡！

| 子音「ㄴ」＋ 子音「ㄹ」 前面或後面 ＝ ㄴ → ㄹ |

範例

|韓文字書寫拼音| 팔년 八年（pal-nyeon）

|正確發音|　　　팔련（pal-lyeon）

其他例子

원래 → 월래（原來）

練習説説看！

· 팔년동안 한국어를 배웠다.　學韓文已經有八年了。

➥ 팔련동안 한구거를 빼월따.

（pal-lyeon-dong-an han-gu-geo-reul bbae-wot-dda.）

　＊ 국어：連音／를 배, 웠다：硬音化

· 원래는 빨간색이 었다.　原來是紅色。

➥ 월래는 빨간새기얻따.

（wol-lae-neun bbal-gan-sae-gi-eot-dda.）

　＊ 었다：硬音化／색이：連音

—138—

ㄱ,ㄷ,ㅂ被同化

當子音 ㄱ、ㄷ、ㅂ 的後面有 ㄴ、ㅁ 的時候，ㄱ、ㄷ、ㅂ 的發音會各別變成 ㅇ、ㄴ、ㅁ 的發音。

 ## 基本規則看這裡！

> ### 收尾子音「ㄱ、ㄷ、ㅂ」＋後面子音「ㄴ、ㅁ」
> ＝ㄱ→ㅇ、ㄷ→ㄴ、ㅂ→ㅁ

| 範例 | |韓文字書寫拼音| 막내 最小的（mak-nae） |
| | |正確發音| 망내（mang-nae） |

練習說說看！

· 문을 닫는다. 把門關上。

➜ 문을 단는다.（mu-neul ddan-neun-da.）

· 축하합니다. 恭喜了。

➜ 추카합니다.（chu-ka-ham-ni-da.）

* 축하：「ㅎ」的發音

四、ㅎ的發音

 **Track 051**

收尾音「ㅎ」+ 部分子音 = 清子音

當收尾音「ㅎ」的後面接著子音 ㄱ、ㄷ、ㅈ 時，子音 ㄱ、ㄷ、ㅈ 會與「ㅎ」結合發音，各別變成 ㅋ、ㅌ、ㅊ 的發音。

 基本規則看這裡！

收尾音「ㅎ」+ 子音 ㄱ、ㄷ、ㅈ = 清子音 ㅋ、ㅌ、ㅊ

| 範例 | \|韓文字書寫拼音\| 놓고 放（noh-go） |
| | \|正確發音\|　　　　노코（no-ko） |

| 其他例子 | 많고 → 만코（多） |

部分收尾音 ＋ 子音「ㅎ」＝ 清子音

與上面的情況相反，當收尾音 ㄱ、ㄷ、ㅂ、ㅈ 後面接有子音「ㅎ」時，收尾音會跟子音「ㅎ」結合，各別變成清子音 ㅋ、ㅌ、ㅍ、ㅊ 的發音。

 基本規則看這裡！

> ## 收尾音 ㄱ、ㄷ、ㅂ、ㅈ＋子音「ㅎ」＝ 清子音 ㅋ、ㅌ、ㅍ、ㅊ
>
> | 範例 | |韓文字書寫拼音| 각하 閣下（gak-ha） |
> |---|---|
> | | |正確發音| 가카（ga-ka） |
>
> | 其他例子 | 먹히다 → 머키다（被吃） |
> |---|---|

 練習説説看！

・행복하세요. 祝你幸福！

→ 행보카세요.（haeng-bo ka-se-yo.）

子音「ㅎ」不發音

基本規則看這裡！

尾音「ㅎ」＋子音「ㅇ」＝子音「ㅎ」不發音

範例	|韓文字書寫拼音| 싫어요. 不要（silh-eo-yo）
	|正確發音| 시러요.（si-leo-yo）

其他例子	좋아요. → 조아요.（好啊！）

五、口蓋音化

 Track 052

　　在前面有提過，當收尾音遇到子音「ㅇ」時，會因為「ㅇ」本身就無發音，而會有將「ㅇ」取代，並結合其母音發音的情況，例如：필요 就不是照字面的（pil-yo）來發音，而是將收尾音「ㄹ」取代「ㅇ」，並與「ㅇ」原本組合的母音「ㅛ」結合發音，而變成最終的發音（pi-ryo）。

　　而現在所介紹的「口蓋音化」，則是「連音」規則中的特例！當收尾音 ㄷ、ㅌ 接著「이」的時候，運用「連音」的變化發音會是 —— 收尾音與母音結合，變成「디」、「티」。但是，當以上的情況發生時，收尾音 ㄷ、ㅌ 的發音會改變成 ㅈ、ㅊ，即「디」變成「지」、「티」變成「치」。

基本規則看這裡！

收尾音 ㄷ、ㅌ＋「이」＝ㄷ → ㅈ、ㅌ → ㅊ

範例
| 韓文字書寫拼音 | 굳이. 何必（gut-i） |
| 正確發音 | 시러요.（gu-ji） |

其他例子
묻히다 → 무치다（被埋）
닫히다 → 다치다（被關）

練習説説看！

• 굳이 할 필요가 있을까?　何必要這樣做呢？

➡ 구지 할 피료가 이쓸까?（gu-ji hal pi-ryo-ga i-sseul-gga?）

* 필요、있을：連音

• 죽은 고양이가 묻혔다.　死掉的貓被埋起來了。

➡ 주근 고양이가 무쳗따.（ju-geun go-yang-i-ga mu-tsyeot-dda.）

* 죽은：連音／묻혔：口蓋音化／혔다：硬音化

• 교실 문이 닫혔다.　教室的門被關起來了。

➡ 교실 무니 다쳗따.（gyo-sil mu-ni da-tsyeot - dda.）

* 문이：連音／닫혔：口蓋音化／혔다：硬音化

測驗鍛鍊

基本母音

 Track 053

01 聽音辨字 聽 MP3 音軌，將你聽見的韓文字圈出來吧！

1. 어 으 유 아 야　　2. 이 야 어 아 으

3. 으 어 오 여 우　　4. 요 우 야 여 유

02 聽字寫出中文 聽 MP3 音軌，將你聽見的韓文單字寫完整，並翻成中文吧！

1. 나__ ☐☐☐☐　　2. __영 ☐☐☐☐

3. __간 ☐☐☐☐　　4. __름 ☐☐☐☐

03 關鍵字母大搜查！ 注意下列字彙中字母的發音方式，寫出正確的韓文吧！

1. 皮鞋 ＿＿＿＿＿

ㄱ + ☐
[g]　[u]

ㄷ + ☐
[d]　[u]

2. 摩托車 ＿＿＿＿바이

ㅇ + ☐
不發音　[o]

ㅌ + ☐
[t]　[o]

04 連連看 對照單字，將正確的韓文連到對應的圖片吧！

1. •　　　　• 여행 •　　　　• 旅行

2. •　　　　• 누나 •　　　　• 蔬菜

3. •　　　　• 야채 •　　　　• 姐姐

4. •　　　　• 스키 •　　　　• 滑雪

05 你要怎麼回答呢？ 如果有人這樣告訴你，該怎麼應對呢？從下面的短句挑一組最適合的回答填上吧！

1. 你有聽過白智英的《像中槍一樣》嗎？ → _____

2. 我考了一百分！ → _____

3. 你覺得雲霄飛車怎麼樣？ → _____

4. 允熙跟敏浩在一起了！ → _____

挑一句最適合的回答吧！		
누가 그래요?	조금.	재미있어요.
역시.	유명해요.	아니요.

基本子音

 Track 054

01 聽音辨字 聽 MP3 音軌，將你聽見的韓文字圈出來吧！

1. 라 아 가 다 자   2. 바 다 하 나 마

3. 아 가 사 나 다   4. 가 자 바 마 사

02 聽字寫出中文 聽 MP3 音軌，將你聽見的韓文單字寫完整，並翻成中文吧！

1. 문 __ ☐☐☐☐   2. __ 람 ☐☐☐☐

3. 자 전 __ ☐☐☐☐   4. __ 람 ☐☐☐☐

03 關鍵字母大搜查！ 注意下列字彙中字母的發音方式，寫出正確的韓文吧！

1. 水 _____

☐ + ㅜ + ㄹ
[m] [u] [l]

2. 台灣 _____

☐ + ㅐ
[d] [ae]

☐ + ㅏ + ㄴ
[m] [a] [h]

04 **連連看** 對照單字，將正確的韓文連到對應的圖片吧！

1. •　　　　• 비행기 •　　　　• 樹

2.  •　　　　• 하늘 •　　　　• 飛機

3.  •　　　　• 엄마 •　　　　• 媽媽

4.  •　　　　• 나무 •　　　　• 天空

05 **你要怎麼回答呢？** 如果有人這樣告訴你，該怎麼應對呢？從下面的短句挑一
　　　　　　　　　　　組最適合的回答填上吧！

1. 我拿到金泰希的電話號碼！　　　　→ _____

2. 她真的是個奇怪的人。　　　　　　→ _____

3. 你會不會想念你前女朋友？　　　　→ _____

4. 你想要哪一個蛋糕？　　　　　　　→ _____

挑一句最適合的回答吧！		
둘 다.	거짓말.	사랑해요.
그래요.	하지마요.	보고싶어요.

清子音、雙子音

 **Track 055**

01 **聽音辨字** 聽 MP3 音軌，將你聽見的韓文字圈出來吧！

1. 까 차 타 카 따   2. 짜 따 빠 차 파

3. 싸 카 차 따 빠   4. 까 파 짜 타 카

02 **聽字寫出中文** 聽 MP3 音軌，將你聽見的韓文單字寫完整，並翻成中文吧！

1. __구 ⬜⬜⬜⬜   2. __리 ⬜⬜⬜⬜

3. __ ⬜⬜⬜⬜   4. __둥이 ⬜⬜⬜⬜

03 **關鍵字母大搜查！** 注意下列字彙中字母的發音方式，寫出正確的韓文吧！

1. 葡萄 _____

⬜ + ㅗ
[p]   [o]

⬜ + ㅗ
[d]   [o]

2. 大象 _____ 리

⬜ + ㅗ
[k]   [o]

⬜ + ㅣ
[gg]   [i]

04 連連看 對照單字，將正確的韓文連到對應的圖片吧！

1. • 　　　 • 김치찌개 • 　　　 • 草莓

2. • 　　　 • 딸기 • 　　　 • 垃圾

3. • 　　　 • 쓰레기 • 　　　 • 泡菜鍋

4. • 　　　 • 봉투 • 　　　 • 信封

05 你要怎麼回答呢？ 如果有人這樣告訴你，該怎麼應對呢？從下面的短句挑一組最適合的回答填上吧！

1. 我今天一定要把這份報告趕完！ → ＿＿＿＿＿＿＿＿＿

2. 兩件打七五折耶！ → ＿＿＿＿＿＿＿＿＿

3. 你覺得我做的菜怎麼樣？ → ＿＿＿＿＿＿＿＿＿

4. 你的腳還好嗎？ → ＿＿＿＿＿＿＿＿＿

挑一句最適合的回答吧！		
화이팅!	아파요.	어떡해?
빨리.	싸요.	너무 짜요.

複合母音

01 **聽音辨字** 聽 MP3 音軌,將你聽見的韓文字圈出來吧!

1. 애 에 의 위 워　　2. 얘 와 왜 외 예

3. 웨 워 위 외 예　　4. 왜 외 와 웨 의

02 **聽字寫出中文** 聽 MP3 音軌,將你聽見的韓文單字寫完整,並翻成中文吧!

1. __단 ☐☐☐☐　　2. __일 ☐☐☐☐

3. _____ ☐☐☐☐　　4. __미 ☐☐☐☐

03 **關鍵字母大搜查!** 注意下列字彙中字母的發音方式,寫出正確的韓文吧!

1. 蛋糕 _____ 이크

ㅋ + ☐
[k]　[e]

2. 洋裝 _____ 피스

ㅇ + ☐ + ㄴ
不發音　[wo]　[n]

04 **連連看** 對照單字，將正確的韓文連到對應的圖片吧！

1.  •   • 내일 •   • 火炬

2. •   • 햇불 •   • 化妝品

3. •   • 권총 •   • 手槍

4.  •   • 화장품 •   • 明天

05 **你要怎麼回答呢？** 如果有人這樣告訴你，該怎麼應對呢？從下面的短句挑一組最適合的回答填上吧！

1. 你是不是臺灣人？   → _____

2. 我不去法國唸書了……   → _____

3. 你還好嗎？   → _____

4. 我想要到非洲當志工。   → _____

挑一句最適合的回答吧！		
어때요?	네.	예의 없어요.
괴로워요.	너무 아쉬워요.	의미있는 일이네요.

Chapter 03 發音重點整理＋字母總複習測驗

收尾音

01 聽音辨字 聽 MP3 音軌，將你聽見的韓文字圈出來吧！

1. 약 속 깎 산 당

2. 었 말 알 김 음

3. 었 깎 집 맵 영

4. 단 늦 집 맵 영

02 聽字寫出中文 聽 MP3 音軌，將你聽見的韓文單字寫完整，並翻成中文吧！

1. 약 __ ☐☐☐☐

2. ___ ☐☐☐☐

3. 겨 __ ☐☐☐☐

4. 공 __ ☐☐☐☐

03 關鍵字母大搜查！ 注意下列字彙中字母的發音方式，寫出正確的韓文吧！

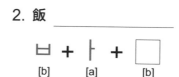

1. 便當 ____ 도시

ㄹ ＋ ㅏ ＋ ☐
[r]　　[a]　　[k]

2. 飯 _____

ㅂ ＋ ㅏ ＋ ☐
[b]　　[a]　　[b]

04 連連看 對照單字，將正確的韓文連到對應的圖片吧！

1.  • • 옷 • • 襪子

2. • • 음악 • • 衣服

3. • • 우산 • • 音樂

4. 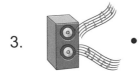 • • 양말 • • 雨傘

05 你要怎麼回答呢？ 如果有人這樣告訴你，該怎麼應對呢？從下面的短句挑一組最適合的回答填上吧！

1. 這一雙鞋賣很好，1萬算便宜了！　→ ＿＿＿＿＿＿＿＿

2. 這個辣炒年糕好吃嗎？　→ ＿＿＿＿＿＿＿＿

3. 這是給你的禮物！　→ ＿＿＿＿＿＿＿＿

4. 你明天要記得買筆記本喔！　→ ＿＿＿＿＿＿＿＿

挑一句最適合的回答吧！		
깎아주세요!	간단해요.	늦었어요.
알았어요.	마음에 들어요.	맵다!

基本母音

01 聽音辨字

1. 어 (으) (유) 아 야
2. (이) 야 어 (아) 으
3. 으 (어) 오 여 (우)
4. (요) 우 (야) 여 유

02 聽字寫出中文

1. 나라／國家
3. 시간／時間
2. 수영／游泳
4. 여름／夏天

03 關鍵字母大搜查！

1. 皮鞋 구두／ㅜㅜ
2. 摩托車 오토바이／ㅗㅗ

04 連連看

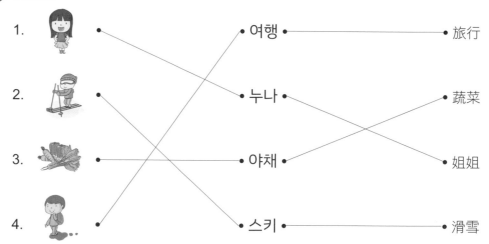

1. — 여행 — 旅行
2. — 누나 — 蔬菜
3. — 야채 — 姐姐
4. — 스키 — 滑雪

05 你要怎麼回答呢？

1. 你有聽過白智英的《像中槍一樣》嗎？ → 아니요.（沒有）
2. 我考了一百分！ → 역시.（果然）
3. 你覺得雲霄飛車怎麼樣？ → 재미있어요.（很好玩！）
4. 允熙跟敏浩在一起了！ → 누가 그래요?（誰說的？）

基本子音

01 聽音辨字

1. 라 아 가 다 자　　　2. 바 다 하 나 마
3. 아 가 사 나 다　　　4. 가 자 바 마 사

02 聽字寫出中文

1. 문자／簡訊　　　2. 바람／風
3. 자전거／腳踏車　　　4. 사람／人

03 關鍵字母大搜查！

1. 水 물／ㅁ　　　2. 臺灣 대만／ㄷㅁ

04 連連看

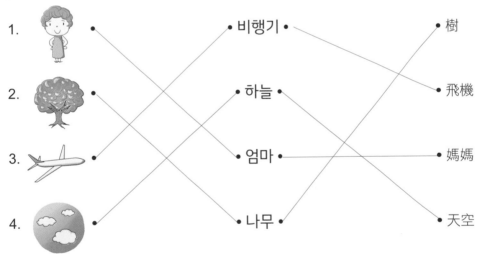

1.
2.
3.
4.

비행기　樹
하늘　飛機
엄마　媽媽
나무　天空

05 你要怎麼回答呢？

1. 我拿到金泰希的電話號碼！　　→ 거짓말.（騙人、你騙誰呀）
2. 她真的是個奇怪的人。　　→ 그래요.（就是嘛……）
3. 你會不會想念你前女朋友？　　→ 보고 싶어요.（很想念啊！）
4. 你想要哪一個蛋糕？　　→ 둘 다.（我都要、兩個都是）

清子音、雙子音

01 聽音辨字

1. 까 **차** 타 **카** 따   2. **짜** 따 빠 차 **파**
3. **싸** 카 차 **따** 빠   4. 까 **파** 짜 **타** 카

02 聽字寫出中文

1. 친구／朋友   2. 파리／蒼蠅
3. 떡／年糕   4. 쌍둥이／雙胞胎

03 關鍵字母大搜查！

1. 葡萄 포도／ㅍㄷ   2. 大象 코끼리／ㅋㄲ

04 連連看

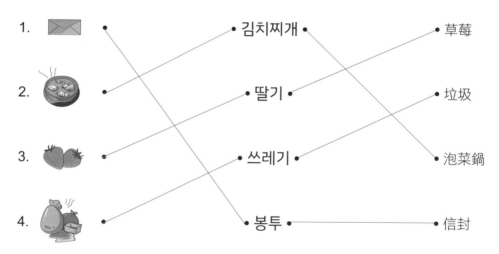

1. 　　　　　　　　　•　　　•김치찌개•　　　•草莓

2. 　　　　　　　　　•　　　•딸기•　　　•垃圾

3. 　　　　　　　　　•　　　•쓰레기•　　　•泡菜鍋

4. 　　　　　　　　　•　　　•봉투•　　　•信封

05 你要怎麼回答呢？

1. 我今天一定要把這份報告趕完！   → 화이팅! (加油！)
2. 兩件打七五折耶！   → 싸요. (很便宜！)
3. 你覺得我做的菜怎麼樣？   → 너무 짜요. (太鹹啦！)
4. 你的腳還好嗎？   → 아파요. (好痛喔！)

複合母音

01 聽音辨字

1. 애 (에) 의 위 (워)
3. (웨) 워 위 외 (예)

2. (얘) 와 (왜) 외 예
4. 왜 (외) (와) 웨 의

02 聽字寫出中文

1. 계단／樓梯
3. 왜／為什麼

2. 과일／水果
4. 취미／愛好

03 關鍵字母大搜查！

1. 蛋糕 케이크／ㅔ

2. 洋裝 원피스／ㅝ

04 連連看

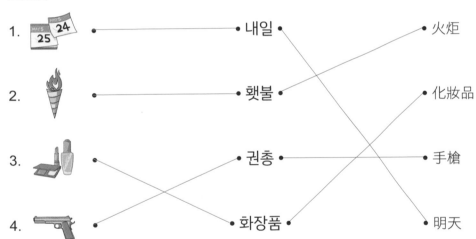

1.   내일   火炬

2.   횃불   化妝品

3.   권총   手槍

4.   화장품   明天

05 你要怎麼回答呢？

1. 你是不是臺灣人？ → 네. （是的）
2. 我不去法國唸書了…… → 너무 아쉬워요. （好可惜喔……）
3. 你還好嗎？ → 괴로워요. （很痛苦、難過）
4. 我想要到非洲當志工。 → 의미있는 일이네요.
                                       （很有意義的事情）

收尾音

01 聽音辨字

1. 약 ⑳ 깎 산 ⑳
2. ⑳ 말 알 ⑳ 음
3. 었 ⑳ 집 맵 ⑳
4. ⑳ 늦 ⑳ 맵 영

02 聽字寫出中文

1. 약속／約定
2. 빛／光
3. 겨울／冬天
4. 공항／機場

03 關鍵字母大搜查！

1. 便當 도시락／ㄱ
2. 飯 밥／ㅂ

04 連連看

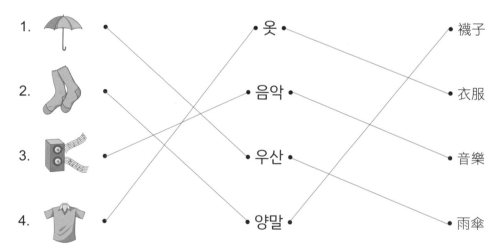

1.   옷   襪子
2.   음악   衣服
3.   우산   音樂
4.   양말   雨傘

05 你要怎麼回答呢？

1. 這一雙鞋賣很好，1 萬算便宜了！ → 깎아주세요!（算我便宜一點啦！）
2. 這個辣炒年糕好吃嗎？ → 맵다!（很辣！）
3. 這是給你的禮物！ → 마음에 들어요.（很喜歡～）
4. 你明天要記得買筆記本喔！ → 알았어요.（知道了）

太棒了，終於學會40音！
就安心地往會話部分前進，想去韓國
玩也沒問題！

Chapter 4 音檔雲端連結

因各家手機系統不同，若無法直接掃描，
仍可以至以下電腦雲端連結下載收聽。
（https://tinyurl.com/mbp4v83r）

Chapter 4

一起去韓國玩！

實用會話

 對長輩（正式場合）　　 對平輩（一般場合）

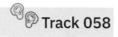
① 您好！／你好！

對長輩正式場合

녕하십니까.

an-nyeong-ha-sim-ni-gga.

對平輩一般場合

안녕하세요.

an-nyeong-ha-se-yo.

② 您睡得好嗎？／你睡得好嗎？

對長輩正式場合

녕히 주무셨어요?

an-nyeong-hi ju-mu-syeo-sseo-yo?

對平輩一般場合

잘 잤어요?

jal jja-sseo-yo?

③ 祝您晚安！／祝你晚安囉！

對長輩正式場合
안녕히 주무세요.
an-nyeong-hi ju-mu-se-yo.

對平輩一般場合
잘 자요.
jal jja-yo.

④ 您過得好嗎？／你過得好嗎？

對長輩正式場合
잘 지내셨어요?
jal jji-nae-syeo-sseo-yo?

對平輩一般場合
잘 지냈어요?
jal jji-nae-sseo-yo?

⑤ 好久不見！

對長輩正式場合
오랜만입니다.
o-raen-ma-nim-ni-da.

對平輩一般場合
오랜만이에요.
o-raen-ma-ni-e-yo.

⑥謝謝！／謝謝你～

對長輩正式場合

감사합니다.
gam-sa-ham-ni-da.

對平輩一般場合

고마워요.
go-ma-wo-yo.

⑦對不起。／對不起啦！

對長輩正式場合

죄송합니다.
jue-song-ham-ni-da.

對平輩一般場合

미안해요.
mi-an-hae-yo.

⑧不客氣。／沒關係！

아니에요.
a-ni-e-yo.

換個句子，這樣說也可以
괜찮아요.
gwaen-cha-na-yo.

⑨初次見面。／很高興認識您。

처음 뵙겠습니다.
tseo-eum bueb-gget-sseum-ni-da.

換個句子，這樣說也可以
만나서 반갑습니다.
man-na-seo ban-gab-sseum-ni-da.

⑩（對留下的人說）再見！／（對離開的人說）再見！

안녕히계세요.
an-nyeong-hi-gye-se-yo.

換個句子，這樣說也可以
안녕히가세요.
an-nyeong-hi-ga-se-yo.

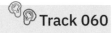

✋ 02 自我介紹　你會需要用到的短句

① 我的名字叫做**金多玲**。

제 이름은 **김다영**입니다.

je i-reu-meun gim-da-yeong-im-ni-da.

替換單字　마이클 麥克 ma-i-keul

요코 YOKO yo-ko

박은지 朴恩志 bak-eun-ji

② 我是**金多玲**。

저는 **김다영**입니다.

jeo-neun gim-da-yeong-im-ni-da.

替換單字　오애여 吳愛如 o-ae-yeo

조이스 JOYCE jo-i-seu

야오밍 姚明 ya-o-ming

③ 我是**韓國人**。

저는 **한국사람**입니다.

jeo-neun han-guk-ssa-ra-mim-ni-da.

替換單字　대만 臺灣 dae-man

일본 日本 il-bon

미국 美國 mi-guk

④ 我是**上班族**。

저는 **회사원**입니다.

jeo-neun hue-sa-wo-nim-ni-da.

 替換單字 선생님 老師 seon-saeng-nim

의사 醫生 ui-sa

기자 記者 gi-ja

⑤ 我在**醫院**工作。

저는 **병원**에서 일합니다.

jeo-neun byeong-wo-ne-seo il-ham-ni-da.

 替換單字 공장 工廠 gong-jang

레스토랑 餐廳 re-seu-to-rang

방송국 電視臺 bang-song-guk

⑥我喜歡**看電影**。

제 취미는 **영화보기입니다.**

je chwi-mi-neun yeong-hwa-bo-gi-im-ni-da.

替換單字 음악감상 聽音樂 eu-mak-ggam-sang

瑜伽 요가 yo-ga

여행 旅行 yeo-haeng

⑦我的專長是**唱歌**。

제 특기는 **노래입니다.**

je teuk-ggi-neun no-rae-im-ni-da.

替換單字 춤 跳舞 tsum

요리 煮菜 yo-ri

테니스 網球 te-ni-seu

⑧我住在**首爾**。

저는 서울에 삽니다.

jeo-neun seo-u-re sam-ni-da.

替換單字 타이베이 臺北 ta-i-be-i

도쿄 東京 do-kyo

뉴욕 紐約 nyu-yok

⑨ 我28歲。

저는 **스물여덟살**입니다.

jeo-neun seu-mu-ryeo-deob-ssa-rim-ni-da.

替換單字 열아홉살 19歲 yeo-ra-hob-ssal

서른다섯살 35歲 seo-reun-da-seot-ssal

마흔두살 42歲 ma-heun-du-sal

⑩ 我有一個**姐姐**。

저는 **언니**가 한 명 있습니다.

jeo-neun eon-ni-ga han myeong it-sseum-ni-da.

替換單字 오빠 （女生説）哥哥 o-bba

누나 （男生説）姐姐 nu-na

동생 弟弟／妹妹 dong-saeng

03 搭飛機 你會需要用到的短句 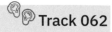 Track 062

① 一號登機口在哪裡？

1 번 게이트는(은) 어디 있습니까?

il-beon ge-i-teu-neun(eun) eo-di it-sseum-ni-gga?

替換單字 면세점 免稅店 myeon-se-jeom
안내센터 資訊中心 an-nae-sen-teo
화장실 洗手間 hwa-jang-sil

② 請給我靠窗的位置。

창가자리로 주십시오.

chang-ga-ja-ri-ro ju-sib-ssi-o.

替換單字 복도자리 走道位置 bok-ddo-ja-ri
중간자리 中間位置 jung-gan-ja-ri
앞자리 前面的位置 ab-jja-ri

③ 請給我耳機。

이어폰 좀 주십시오.

i-eo-pon jom ju-sib-ssi-o.

替換單字 담요 毯子 dam-nyo
주스 果汁 ju-seu
안대 眼罩 an-dae

④ 有暈機藥嗎?

멀미약이 있습니까?

meol-mi-ya-gi it-sseum-ni-gga?

替換單字　감기약 感冒藥 gam-gi-yak

수면제 安眠藥 su-myeon-je

소화제 健胃藥 so-hwa-je

⑤ 在哪裡搭機場巴士?

공항버스는 어디에서 탑니까?

gong-hang-beo-seu-neun eo-di-e-seo tam-ni-gga?

替換單字　택시 計程車 taek-ssi

공항철도 機場鐵路 gong-hang-cheol-do

셔틀버스 接駁車 syeo-teul-bbeo-seu

⑥ 可以保管**行李**嗎？

짐을 맡겨도 됩니까?

ji-meul mat-ggyeo-do duem-ni-gga?

替換單字 가방 包包 ga-bang

캐리어 旅行箱 kae-ri-eo

상자 箱子 sang-ja

⑦ 在哪裡可以簡單的吃**午餐**？

어디에서 간단하게 **점심**을 먹을 수 있습니까?

eo-di-e-seo gan-dan-ha-ge jeom-si-meul meo-geul ssu it-sseum-ni-gga?

替換單字 아침 早餐 a-chim

저녁 晚餐 jeo-nyeok

간식 點心 gan-sik

⑧ 哪裡有賣**酒**？

술은 어디에서 판매합니까?

su-reun eo-di-e-seo pan-mae-ham-ni-gga?

替換單字 담배 香菸 dam-bae

초콜렛 巧克力 cho-kol-let

화장품 化妝品 hwa-jang-pum

⑨ 哪裡有**禱告室**？

기도실이 어디입니까?
gi-do-si-ri eo-di-im-ni-gga?

替換單字 화장실 洗手間 hwa-jang-sil

흡연실 吸菸室 heu-byeon-sil

VIP실 VIP室 VIP sil

⑩ 可以換美金嗎？

달러 환전이 됩니까?
dal-leo hwan-jeo-ni duem-ni-gga?

替換單字 엔화 日幣 en-hwa

유로화 歐元 yu-ro-hwa

인민폐 人民幣 in-min-pye

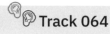

🖐 04 找飯店 你會需要用到的短句 Track 064

① 有**空房**嗎？

빈 방 있습니까?
bin bang it-sseum-ni-gga?

替換單字 트윈베드룸 兩張床房間 teu-win-be-deu-rum

금연룸 禁止吸菸房間 geu-myeol-lum

바다전망룸 海景房 ba-da-jeon-mang-num

② **一個晚上**多少錢？

1박에 얼마입니까?
il-ba-ge eol-ma-im-ni-gga?

替換單字 2박 兩個晚上 i-bak

3박 三個晚上 sam-bak

주말 週末 ju-mal

③ 有包含**早餐**嗎？

조식 포함입니까?
jo-sik po-ha-mim-ni-gga?

替換單字 석식 晚餐 seok-ssik

세금 稅 se-geum

봉사료 服務費 bong-sa-ryo

④ 可以用**健身房**嗎？

헬스장 사용할 수 있습니까?

hel-seu-jang sa-yong-hal ssu it-sseum-ni-gga?

 替換單字 수영장 游泳池 su-yeong-jang

금고 錢庫（保險箱）geum-go

비즈니스센터 商務中心 bi-jeu-ni-seu-sen-teo

⑤ 可以用**信用卡**結帳嗎？

신용카드로 결제해도 됩니까?

si-nyong-ka-deu-ro gyeol-je-hae-do duem-ni-gga?

 替換單字 대만달러 臺幣 dae-man-dal-leo

달러 美金 dal-leo

현금 現金 hyeon-geum

⑥可以傳傳真嗎？

팩스가 가능합니까?

paek-sseu-ga ga-neung-ham-ni-gga?

替換單字　복사 影印 bok-ssa

프린트 列印 peu-rin-teu

스캔 掃描 seu-kaen

⑦有沒有推薦的**餐廳**？

추천해줄만한 **식당**이 있습니까?

chu-cheon-hae-jul-man-han sik-ddang-i it-sseum-ni-gga?

替換單字　관광지 觀光地點 gwan-gwang-ji

요리 料理 yo-ri

선물 禮物 seon-mul

⑧有播**第四台**嗎？

케이블 방송이 나옵니까?

ke-i-beul bbang-song-i na-om-ni-gga?

替換單字　대만 방송 臺灣的頻道 dae-man bang-song

한국 뉴스 韓國新聞 han-guk nyu-seu

영화채널 電影頻道 yeong-hwa-chae-neol

⑨ 我想叫**計程車**。

택시를 부르고 싶습니다.

taek-ssi-reul bbu-reu-go sib-sseum-ni-da.

替換單字　가이드 導遊 ga-i-deu

퀵서비스 快遞 kwik-sseo-bi-seu

기사 司機 gi-sa

⑩ 我想租**汽車**。

자동차를 렌트하고 싶습니다.

ja-dong-cha-reul ren-teu-ha-go sib-sseum-ni-da.

替換單字　자전거 腳踏車 ja-jeon-geo

버스 巴士 beo-seu

트럭 卡車 teu-reok

🖐 05 交通動線　你會需要用到的短句　　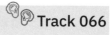 Track 066

① 到**百貨公司**有多遠？

백화점까지 얼마나 멉니까?
bae-kwa-jeom-gga-ji eol-ma-na meom-ni-gga?

替換單字　시장 市場 si-jang
　　　　　커피숍 咖啡廳 keo-pi-syob
　　　　　찜질방 桑拿浴 jjim-jil-bang

② 到**明洞**需要多久呢？

명동까지 얼마나 걸립니까?
myeong-dong-gga-ji eol-ma-na geol-lim-ni-gga?

替換單字　인사동 仁寺洞 in-sa-dong
　　　　　광화문 光化門 gwang-hwa-mun
　　　　　종로 鐘路 jong-lo

③ **可以走路嗎？**

걸어가도 됩니까?
geo-reo-ga-do duem-ni-gga?

替換單字　버스타도 搭公車 beo-seu-ta-do
　　　　　택시타도 搭計程車 taek-ssi-ta-do
　　　　　지하철타도 搭地鐵 ji-ha-cheol-ta-do

④ 往**左邊**走就可以到了嗎?

왼쪽으로 가면 됩니까?

uen-jjo-geu-ro ga-myeon duem-ni-gga?

替換單字 오른쪽 右邊 o-reun-jjok

직진 直走 jik-jjin

뒷쪽 後面 dwit-jjok

⑤ 去**東大門**的話,要在哪裡下車呢?

동대문에 가려면 어디서 내립니까?

dong-dae-mu-ne ga-ryeo-myeon eo-di-seo nae-rim-ni-gga?

替換單字 시청 市政聽 si-cheong

홍대입구 弘大入口 hong-dae-ib-ggu

강남역 江南站 gang-na-myeok

⑥ 公車站在哪裡？

버스정류장이 어딥니까?

beo-seu-jeong-nyu-jang-i eo-dim-ni-gga?

替換單字　지하철역 地鐵站 ji-ha-cheo-ryeok

기차역 火車站 gi-cha-yeok

고속터미널 客運站 go-sok-teo-mi-neol

⑦ 在哪裡買票？

어디서 표를 삽니까?

eo-di-seo pyo-reul ssam-ni-gga?

替換單字　충전을 해요? 儲值 chung-jeo-neul hae-yo?

갈아타요? 換車 ga-ra-ta-yo?

⑧ 公車費是多少錢？

버스요금은 얼마입니까?

beo-seu-yo-geu-meun eol-ma-im-ni-gga?

替換單字　학생 學生 hak-ssaeng

성인 大人 seong-in

입장료 門票 ib-jjang-nyo

⑨ 換車的地方在哪裡？

갈아타는 곳이 어디입니까?

ga-ra-ta-neun go-si eo-di-im-ni-gga?

替換單字 입구 入口 ib-ggu

출구 出口 chul-gu

매표소 售票處 mae-pyo-so

⑩ 若要去市政廳，搭二**號線**就可以嗎？

시청에 가려면 **이호선** 을 타면 됩니까?

si-cheong-e ga-ryeo-myeon i-ho-seon eul ta-myeon duem-ni-gga?

替換單字 삼호선 三號線 sam-ho-seon

육호선 六號線 yu-ko-seon

구호선 九號線 gu-ho-seon

🖐 **06 逛街購物** 你會需要用到的短句　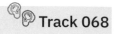 **Track 068**

① 哪裡有**賣衣服的店**？

옷가게는 어디입니까?
ot-gga-ge-neun eo-di-im-ni-gga?

替換單字　서점 書店 seo-jeom

화장품 가게 化妝品店 hwa-jang-pum ga-ge

영화관 電影院 yeong-hwa-gwan

② 有沒有**更大的**size？

더 큰 사이즈가 있습니까?
deo keun sa-i-jeu-ga it-sseum-ni-gga?

替換單字　작은 小的 ja-geun

긴 長的 gin

짧은 短的 jjal-beun

③ 這件衣服有**紅色**嗎？

이 옷은 **빨간색**이 있습니까?
i o-seun bbal-ggan-sae-gi it-sseum-ni-gga?

替換單字　파란색 藍色 pa-ran-saek

검은색 黑色 geo-meun-saek

흰색 白色 hin-saek

④ 請給我看**這個**。

이것 좀 보여주십시오.

i-geot jom bo-yeo-ju-sib-ssi-o.

替換單字 저것 那個 jeo-geot

그것 那個 geu-geot

⑤ 可以**試穿**嗎？

입어봐도 됩니까?

i-beo-bwa-do duem-ni-gga?

替換單字 신어봐도 試穿（鞋子） si-neo-bwa-do

해봐도 試試看 hae-bwa-do

⑥這**鞋子**多少錢？

이 구두는 얼마입니까?

i gu-du-neun eol-ma-im-ni-gga?

替換單字　가방　包包　ga-bang

자켓　外套　ja-ket

반팔　短袖　ban-pal

⑦**算便宜**一點啦！

조금만 깎아주십시오.

jo-geum-man gga-kka-ju-sib-ssi-o.

替換單字　싸게 해주세요. 算便宜一點 ssa-ge hae-ju-se-yo.

디스카운트 해주세요. 算便宜一點
di-seu-ka-un-teu hae-ju-se-yo.

할인 해주세요. 算便宜一點 ha-rin hae-ju-se-yo.

⑧買**兩個**可以打折嗎？

두 개 사면 할인이 됩니까?

du gae sa-myeon ha-ri-ni duem-ni-gga?

替換單字　세 개　三件　se gae

다섯 개　五件　da-seot gae

열 개　十件　yeol gae

⑨ 我下次會再來的！

다음에 또 오겠습니다.

da-eu-me ddo o-get-sseum-ni-da.

替換單字　내일 明天 nae-il

다음주 下週 da-eum-ju

내년 明年 nae-nyeon

⑩ 衣服好漂亮！

옷이 예쁩니다.

o-si ye-bbeum-ni-da.

替換單字　귀여워요 可愛 gwi-yeo-wo-yo.

아름다워요 美 a-reum-da-wo-yo.

멋있어요 帥氣 meo-si-sseo-yo.

✋ **07 緊急情況** 你會需要用到的短句　　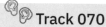 Track 070

① 我把**手機**弄丟了。

핸드폰을 잃어버렸습니다.

haen-deu-po-neul i-reo-beo-ryeot-sseum-ni-da.

 替換單字　열쇠 鑰匙 yeol-sue

가방 包包 ga-bang

지갑 錢包 ji-gab

② 我的**旅行箱**被偷了。

캐리어를 도둑맞았습니다.

kae-ri-eo-reul ddo-dung-ma-jat-sseum-ni-da.

 替換單字　핸드백 手提包 haen-deu-baek

여권 護照 yeo-gwon

신용카드 信用卡 si-nyong-ka-deu

③ 我突然**肚子痛**。

갑자기 배가 아픕니다.

gab-jja-gi bae-ga a-peum-ni-da.

 替換單字　구토가 나요 想吐 gu-to-ga na-yo

어지러워요 頭暈 eo-ji-reo-wo-yo.

머리가 아파요 頭痛 meo-ri-ga a-pa-yo.

④ 我的**小腿**麻掉了。

종아리에 쥐가 났습니다.

jong-a-ri-e jwi-ga nat-sseum-ni-da.

替換單字 허벅지 大腿 heo-beok-jji

팔 手臂 pal

손 手 son

⑤ 請幫我叫**警察**！

경찰 좀 불러주십시오.

gyeong-chal jjom bul-leo-ju-sib-ssi-o.

替換單字 의사 醫生 ui-sa

구급차 救護車 gu-geub-cha

소방차 消防車 so-bang-cha

① 最近的**醫院**在哪裡？

가까운 병원이 어디있습니까?

ga-gga-un byeong-wo-ni eo-di-it-sseum-ni-gga?

替換單字 약국 藥局 yak-gguk

경찰서 警察局 gyeong-chal-sseo

응급실 急診室 eung-geub-ssil

② 有沒有人會講**中文**？

중국어 할 수 있는 분 계신가요?

jung-gu-geo hal ssu in-neun bun gye-sin-ga-yo?

替換單字 영어 英文 yeong-eo

일본어 日文 il-bo-neo

한국어 韓文 han-gu-geo

③ 可以借我用**手機**嗎？

핸드폰 좀 빌려주시겠습니까?

haen-deu-pon jom bil-lyeo-ju-si-get-sseum-ni-gga?

替換單字 전화 電話 jeon-hwa

라이터 打火機 ra-i-teo

컴퓨터 電腦 keom-pyu-teo

④ 來不及搭**飛機**了。

비행기 시간이 늦었습니다.
bi-haeng-gi si-ga-ni neu-jeot-sseum-ni-da.

替換單字　기차 火車 gi-cha

　　　　　고속버스 客運 go-sok-bbeo-seu

　　　　　KTX 高鐵 KTX

⑤ 請開**快一點**。

조금 **빨리** 달려주세요.
jo-geum bbal-li dal-lyeo-ju-se-yo.

替換單字　조금 천천히 慢一點 jo-geum cheon-cheon-hi

　　　　　최대한 빨리 盡量快一點 chue-dae-han bbal-li

　　　　　최대한 천천히 盡量慢一點
　　　　　chue-dae-han cheon-cheon-hi

📢 01 付錢一定用得到！

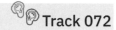 **Track 072**

◗ 數字

　　韓文有兩種數字的說法。第一個是把漢字的數字（一、二、三……）直接翻成韓文的，這種漢字式的數字發音與中文非常相似，所以比較好記。另一種數字說法則是純韓文的數字說法！

兩種數字之用法

* 純韓文數字：與量詞（件、個、位……等）一起用，或是講時間的時候（三點、十二點……等）。

* 漢字數字：其他大部分的數字都可以使用！例如：電話號碼、車號、日子……等。

	1	2	3	4	5	6	7	8	9	10
漢字數字	일 il	이 i	삼 sam	사 sa	오 o	육 yuk	칠 chil	팔 pal	구 gu	십 sib
純韓文數字	하나 ha-na	둘 dul	셋 set	넷 net	다섯 da-seot	여섯 yeo-seot	일곱 il-gob	여덟 yeo-deol	아홉 a-hob	열 yoel

◀ 金額

韓語的金錢單位跟中文一樣，以「百、千、萬、億」為單位，表達時只要結合兩個單位，就能成為另一個單位，例如：10,000,000 就是「十億」，對應韓文也是把「십（十）」和「억（億）」合起來唸「십억」就可以囉！

在講金額的100, 1,000, 10,000...等數字時，中文都會加「一」，例如：一百、一千、一萬……，但是韓文不會加「一」，會直接講「百、千、萬、億」。很多臺灣人不小心都會加「一」，這樣韓國人聽得懂，但是會覺得怪怪的，所以要特別注意喔！

一百	一千	一萬	十萬	百萬	千萬	一億
백 baek	천 cheon	만 man	십만 sim-man	백만 baeng-man	천만 cheon-man	억 eok

◀ 韓幣（KRW）怎麼唸？

1,000원	천원 cheo-nwon
10,000원	만원 ma-nwon
45,800원	사만오천팔백원 sa-ma-no-cheon-pal-bbae-gwon
3,621,400원	삼백육십이만천사백원 sam-bae-gyuk-ssi-bi-man-cheon-sa-bae-gwon
1,850,000원	백팔십오만원 baek-pal-ssi-bo-ma-nwon

✋02 日期、時間講清楚！　　　　　　👂👂 Track 073

◀ 幾點？

～點	～分	～秒
시 si	분 bun	초 tso
一點	**兩點**	**三點**
한시 han-si	두시 du-si	세시 se-si
四點	**五點**	**六點**
네시 ne-si	다섯시 da-seot-ssi	여섯시 yeo-seot-ssi
七點	**八點**	**九點**
일곱시 il-gob-ssi	여덟시 yeo-deob-ssi	아홉시 a-hob-ssi
十點	**十一點**	**十二點**
열시 yeol-si	열한시 yeol-han-si	열두시 yeol-du-si
1:10	**3:45**	**8:50**
한시 십분 han-si sip-bbun	세시 사십오분 se-si sa-si-bo-bun	여덟시 오십분 yeo-deob-ssi o-sib-bbun

◀ 季節

春天	夏天	秋天	冬天
봄 bom	여름 yeo-leum	가을 ga-eul	겨울 gyeol-ul

◀ 星期

星期一（月曜日）	星期二（火曜日）	星期三（水曜日）
월요일 wo-ryo-il	화요일 hwa-yo-il	수요일 su-yo-il

星期四（木曜日）	星期五（金曜日）	星期六（土曜日）
목요일 mo-gyo-il	금요일 geu-myo-il	토요일 to-yo-il

星期日（日曜日）
일요일 i-ryo-il

◀ 月份

講月份很簡單，只要把漢字式數字上加월（月）即可，但是有兩個發音例外：

*　6月：原本是「육월」，但實際發音時會去掉「육」的收尾音，變成「유월」。

*　10月：原本是「십월」，但實際發音時會去掉「십」的收尾音，變成「시월」。

一月	二月	三月
일월 i-rwol	이월 i-wol	삼월 sa-mwol

四月	五月	六月
사월 sa-wol	오월 o-wol	유월 yu-wol

七月	八月	九月
칠월 chi-rwol	팔월 pa-rwol	구월 gu-wol

十月	十一月	十二月
시월 si-wol	십일월 si-bi-rwol	십이월 si-bi-wol

👆 03 酸甜苦辣說明白！

🎧 Track 074

◖ 味道表現

味道	酸	苦
맛 mat	시다 si-da	쓰다 sseu-da

鹹	甜	辣
짜다 jja-da	달다 dal-dda	맵다 mae-dda

◖ 韓國料理

泡菜鍋
김치찌개
gim-chi-jji-gae

五花肉
삼겹살
sam-gyeop-ssal

海鮮煎餅
해물파전
hae-mul-pa-jeon

泡菜煎餅
김치전
gim-chi-jeon

拌飯
비빔밥
bi-bim-bap

◖ 練習說韓國料理的味道！

泡菜鍋很鹹。	김치찌개가 짜다. gim-chi-jji-gae-ga jja-da.
泡菜很酸。	김치가 시다. gim-chi-ga si-da.
柚子茶很甜。	유자차가 달다. yu-ja-cha-ga dal-dda.
人參茶很苦。	홍삼차가 쓰다. hong-sam-cha-ga sseu-da.
辣炒年糕很辣。	떡볶이가 맵다. ddeok-bbo-ggi-ga maep-dda.

◀ 水果

蘋果	西瓜	香蕉
사과 sa-gwa	수박 su-bak	바나나 ba-na-na

芒果	木瓜	橘子
망고 mang-go	파파야 pa-pa-ya	귤 gyul

鳳梨	水梨	水蜜桃
파인애플 pa-i-nae-peul	배 bae	복숭아 bok-ssung-a

◀ 肉類

牛肉	豬肉	雞肉
소고기 so-go-gi	돼지고기 dwae-ji-go-gi	닭고기 dal-ggo-gi

◀ 蔬菜

高麗菜	洋蔥	馬鈴薯
양배추 yang-bae-chu	양파 yang-pa	감자 gam-ja

大蒜	紅蘿蔔	番茄
마늘 ma-neul	당근 dang-geun	토마토 to-ma-to

🖐 04 老闆～還有其他顏色嗎？

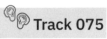 **Track 075**

◀ 顏色

紅色	橘色	黃色
빨간색 bbal-ggan-saek	주황색 ju-hwang-saek	노란색 no-ran-saek

綠色	藍色	深藍色
녹색 nok-ssaek	파란색 pa-ran-saek	남색 nam-saek

紫色	黑色	灰色
보라색 bo-ra-saek	검은색 geo-meun-saek	회색 hoe-saek

白色	金色	銀色
하얀색 ha-yan-saek	금색 geum-saek	은색 eun-saek

粉紅色	天藍色	米色
분홍색 bun-hong-saek	하늘색 ha-neul-ssaek	아이보리색 a-i o-bo-ri-saek

棕色
갈색 gal-ssaek

Chapter 04 一起去韓國玩！

語研力 *K005*

安妞 韓語 40 音：Q 圖聯想最好學

作　　者	金敏勳
顧　　問	曾文旭
出版總監	陳逸祺、耿文國
主　　編	陳蕙芳
執行編輯	翁芯俐
美術編輯	李依靜
法律顧問	北辰著作權事務所

印　　製	世和印製企業有限公司
初　　版	2023 年 07 月
初版三刷	2024 年 07 月
出　　版	凱信企業集團 - 凱信企業管理顧問有限公司
電　　話	（02）2773-6566
傳　　真	（02）2778-1033
地　　址	106 台北市大安區忠孝東路四段 218 之 4 號 12 樓
信　　箱	kaihsinbooks@gmail.com

定　　價	新台幣 349 元／港幣 116 元
產品內容	1 書

總 經 銷	采舍國際有限公司
地　　址	235 新北市中和區中山路二段 366 巷 10 號 3 樓
電　　話	（02）8245-8786
傳　　真	（02）8245-8718

國家圖書館出版品預行編目資料

安妞 韓語 40 音：Q 圖聯想最好學／金敏勳著 . –
初版 . – 臺北市：凱信企業集團凱信企業管理顧問
有限公司 , 2023.07
　面；　公分
ISBN 978-626-7097-84-7(平裝)

1.CST: 韓語 2.CST: 讀本

803.28　　　　　　　　　　　112006901

基本母音

[a] [ㄚ]

하루
ha ru

一天

 基本母音

[eo] [ㄛ]

거울
geo wul

鏡子

 基本母音

[u] [ㄨ]

누나
nu na

姐姐

 基本母音

[o] [ㄡ]

오토바이
o to ba yi

摩托車

基本母音

[eo] [ㄛ]

저기요?
jeo gi yo

叫喚人、提問時的發語詞

 基本母音

[a] [ㄚ]

아싸!
a ssa

耶！太棒了！

 基本母音

[o] [ㄡ]

조금.
jo geum

有一點、一點點

 基本母音

[u] [ㄨ]

누가 그래요?
nu ga geu rae yo

誰說的？

基本母音

[eu] [ㄜ]

스키
seu ki

滑雪

 基本母音

[i] [ㄧ]

기차
gi cha

火車

 基本母音

[ya] [ㄧㄚ]

야채
ya chae

蔬菜

 基本母音

[yeo] [ㄧㄛ]

여행
yeo haeng

旅行

基本母音

[i] [ㅣ]

재미있어요!
jae mi i sseo yo

很好玩！

基本母音

[eu] [ㅡ]

처 음이에요.
cheo eu mi e yo

第一次耶～

基本母音

[yeo] [一ㄛ]

역 시.
yeok ssi

果然

基本母音

[ya] [一ㄚ]

야!
ya

喂！

動手剪下學習字卡，40音隨時記、隨時學！

基本母音

[yu] [ㄧㄨ]

___

휴지
hyu ji

衛生紙

 基本母音

[yo] [ㄧㄡ]

___

교회
gyo hoe

教會

 基本子音

當子音時不發音

___

아빠
a bba

爸爸

 基本子音

[m] [ㄇ]

___

모자
mo ja

帽子

 基本母音

ㅛ

[yo] [ㄧㄡ]

아니요.
a ni yo
沒有

 基本母音

ㅠ

[yu] [ㄧㄨ]

유 명 해요.
yu myeong hae yo
很夯、很有名！

 基本子音

ㅁ

[m] [ㄇ]

맞아요!
ma ja yo
對啊！

 基本子音

ㅇ

當子音時不發音

여보세요?
yeo bo se yo
喂？

動手剪下學習字卡，40音隨時記、隨時學！

基本子音

[n] [ㄋ]

나비
na bi
蝴蝶

 基本子音

[g] [ㄍ]

고구마
go gu ma
地瓜

 基本子音

[d] [ㄉ]

대만
dae man
臺灣

 基本子音

[b] [ㄅ]

배우
bae wu
演員

 基本子音

[g] [ㄍ]

거짓말.
geo jin mal

騙人

 基本子音

[n] [ㄋ]

나도 나도.
na do na do

我也要、我也是

 基本子音

[b] [ㄅ]

많이 보고 싶어요.
ma ni bo go si peo yo

很想念啊！

 基本子音

[d] [ㄷ]

둘 다!
dul da

我都要、兩個都是

動手剪下學習字卡，40音隨時記、隨時學！

 基本子音

[s] [ㄙ/ㄒ]

사과
sa gwa
蘋果

 基本子音

[j] [ㄐ/ㄗ]

자동차
ja dongcha
汽車

 基本子音

[r/l] [ㄌ]

라면
la myeon
泡麵

 基本子音

[h] [ㄏ]

핸드폰
haen deupon
手機

 基本子音

[j] [ㄐ/ㄗ]

좋아요.
jo a yo

好啊！

 基本子音

[s] [ㄙ/ㄒ]

사랑해요!
sa rang hae yo

我愛你

 基本子音

[h] [ㄏ]

하지마요.
ha ji ma yo

不要這樣做、不要這樣子！

 基本子音

[r/l] [ㄌ]

그래요...
geu rae yo

就是嘛……

動手剪下學習字卡，40音隨時記、隨時學！

清子音

[ch] [ㄑ]

치마
chi ma

裙子

 清子音

[k] [ㄎ]

카드
ka deu

卡片

 清子音

[t] [ㄊ]

택시
taek si

計程車

 清子音

[p] [ㄆ]

피아노
pi a no

鋼琴

 清子音

[k] [ㄎ]

커피 마실래요?
keo pi ma sil lae yo

要不要去喝咖啡？

 清子音

[ch] [ㄘ]

생 일 축하해요!
saeng il chu ka hae yo

生日快樂！

 清子音

[p] [ㄆ]

아파요!!
a pa yo

身體的某一部分很痛

清子音

[t] [ㄊ]

화이팅!
hwa i ting

加油！

動手剪下學習字卡，40音隨時記、隨時學！

雙子音

[gg] [ㄍ]

꼬리
ggo ri

尾巴

 雙子音

[dd] [ㄉ]

땅 콩
ddang kong

花生

 雙子音

[bb] [ㄅ]

빵
bbang

麵包

 雙子音

[ss] [ㅿ]

쓰 레 기
sseu re gi

垃圾

雙子音

ㄸ

[dd] [ㄉ]

어떡해?
eo ddeo kae

怎麼辦？

雙子音

ㄲ

[gg] [ㄍ]

꼭!
ggok

一定要！

雙子音

ㅆ

[ss] [ㄙ]

싸요!
ssa yo

很便宜！

雙子音

ㅃ

[bb] [ㄅ]

빨리!
bbal li

快點！

動手剪下學習字卡，40音隨時記、隨時學！

雙子音

[jj] [ㄐ]

짜다
jja da
鹹

 複合母音

[ae] [ㄝ]

내일
nae il
明天

 複合母音

[e] [ㄝ]

세수
se su
洗臉

 複合母音

[yae] [一ㄝ]

얘
yae
這個人（縮寫）

動手剪下學習字卡，40音隨時記、隨時學！

 複合母音

[ae] [ㄝ]

어때요?
eo ddae yo

你覺得怎樣？你覺得呢？

 雙子音

[jj] [ㄐ]

너무 짜요!!
neo mu jja yo

太鹹啦！

 複合母音

[yae] [ㄧㄝ]

무슨 얘기요?
mu seun yae gi yo

那是什麼？什麼東西？

 複合母音

[e] [ㄝ]

네.
ne

是的

動手剪下學習字卡，40音隨時記、隨時學！

複合母音

[ye] [ㄧㄝ]

시계
si gye

時鐘

 複合母音

[wa] [ㄨㄚ]

과자
gwa ja

餅乾

 複合母音

[oe] [ㄨㄝ]

외할머니
oe hal meo ni

外婆

 複合母音

[wae] [ㄨㄝ]

돼 지
dwae ji

豬

 複合母音

[wa] [ㄨㄚ]

내일 봐요.
nae il bwa yo

明天見啦！

 複合母音

[ye] [一ㄝ]

예의 없어요.
ye ui eob sseo yo

沒禮貌

 複合母音

[wae] [ㄨㄝ]

왜요?
wae yo

為什麼？

 複合母音

[oe] [ㄨㄝ]

괴로워요.
goe ro wo yo

很痛苦、難過

複合母音

[we] [ㄨㄝ]

웨이터
we yi teo

餐廳服務員

 複合母音

[wo] [ㄨㄛ]

권총
gwon chong

手槍

 複合母音

[wi] [ㄩ]

귀걸이
gwi geol yi

耳環

 複合母音

[ui] [ㄜㄧ]

의사
ui sa

醫生

 複合母音

[wo] [ㄨㄛ]

뭐 해요?
mwo hae yo

你在做什麼？

 複合母音

[we] [ㄨㄝ]

웨딩드레스가
we dingdeu re seu ga
예뻐요. 婚紗很好看！
ye bbeo yo

 複合母音

[ui] [ㄜㄧ]

의미있는 일이
ui mi in neun i ri
네요. 很有意義的事情
ne yo

 複合母音

[wi] [ㄩ]

너무 아쉬워요.
neo mu a swi wo yo

好可惜喔……

收尾音

ㄱ

[k]

부엌
bu eok

廚房

 收尾音

ㄴ

[n]

당 근
dang geun

紅蘿蔔

 收尾音

ㄷ

[t]

꽃
ggot

花

 收尾音

ㄹ

[l]

열쇠
yeolsue

鑰匙

收尾音

[n]

간단해요.
gan dan hae yo

很簡單

 收尾音

[k]

깎아주세요!
gga kka ju se yo

算我便宜一點啦！

 收尾音

[l]

알았어요.
a ra sseo yo

知道了

 收尾音

[t]

늦었어요.
neu jeo sseo yo

已經遲到了、來不及了

動手剪下學習字卡，40音隨時記、隨時學！

動手剪下學習字卡，40音隨時記、隨時學！

 收尾音

[m]

음악
eum ak

音樂

 收尾音

[b]

집
jib

家

 收尾音

[ng]

영 화
yeong hwa

電影

收尾音

ㅂ

[b]

맵 다!
maebdda

很辣很辣！

 收尾音

ㅁ

[m]

마음에 들어요.
ma eu me deu reo yo

很喜歡～

 收尾音

ㅇ

[ng]

노래방 가요.
no rae bang ga yo

一起去唱歌吧！